Meines Vaters Sterben

# Daniela Willbold

## Meines Vaters Sterben

Zwischen Abschied und Erlösung – eine Tagebuchreise

Um die im Buch vorkommenden Personen zu schützen, sind die äußeren Umstände frei gewählt. Die inneren Vorgänge, das emotionale Geschehen, ist autobiographisch.

**Bibliografische Information der Deutschen Nationalbibliothek**
Die Deutsche Nationalbibliothek verzeichnet diese Publikation in der Deutschen Nationalbibliografie; detaillierte bibliografische Daten sind im Internet über http://dnb.d-nb.de abrufbar.

© 2008 Daniela Willbold
Satz, Umschlaggestaltung, Herstellung und Verlag:
Books on Demand GmbH, Norderstedt
ISBN 978-3-8334-7726-3

# Meines Vaters Sterben

*Ein Sonntagmorgen 1963. Es ist Frühling. Ein schlanker Mann in den Dreißigern geht langsam durch die leeren Straßen der kleinen Stadt, an der Hand ein Mädchen, ungefähr drei Jahre alt, braune Locken, kurzes, kariertes rosafarbenes Kleidchen, weiße Söckchen, weiße Sandalen. Der Mann trägt einen schwarzen Anzug mit unten eng zulaufenden Hosen, dem Stil der Zeit entsprechend, natürlich weißes Hemd und Krawatte; die eben gekaufte Sonntagszeitung hat er unter den Arm geklemmt So wie jetzt sieht man die beiden jeden Sonntag zum Bahnhof gehen. Das kleine Mädchen darf die Zeitung kaufen und ist ganz stolz darauf, »alleine« einen Einkauf zu tätigen. Zwei Jahre später gibt es dann ein »Bussi-Bär«-Heft dazu, manchmal auch eine Schachtel Erfrischungsstäbchen: längliche, schwarze Schokoladenstückchen, die innen mit einer Flüssigkeit gefüllt sind, die nach Orange oder Zitrone schmeckt. Samstags geht Vater zumindest morgens in die Firma. Sonntags gehört er mir.*

# Letztes Treffen / 1. Mai 2006

Ich verstehe nicht: Jedes Mal, wenn ich bei den Eltern anrufe, sagen sie, meist meine Mutter, er geht schon gar nicht ans Telefon, dass sie auf das Ergebnis der letzten ärztlichen Untersuchung warten. Dabei war die Diagnose für mich schon seit dem letzten Besuch klar. Mein Vater hat Lungenkrebs. Im Endstadium. »Er spuckt Blut und hat sehr viel abgenommen«, erzählt meine Mutter gleich, als sie meinen Freund und mich vom Bahnhof abholt. »Den Garten kann er auch nicht mehr machen. Diesen Winter musste ich Schnee schippen. Wenn der Nachbar nicht geholfen hätte, weiß ich nicht, was ich getan hätte«, sprudelt es im Auto aus ihr heraus, froh, dass sie ein Gegenüber zum Erzählen hat. Wir gehen die wenigen Stufen zum Haus hoch. Die Tür öffnet sich. Ich sehe meinen Vater seit zwei Jahren wieder und mir schießen die Tränen in die Augen, eine Reaktion, die ich gar nicht kontrollieren kann. Er hat sicher fünfundzwanzig Kilo abgenommen, das Gesicht ist raubvogelartig, besonders die Nase wirkt sehr groß, und noch nie sind seine hellen, blauen Augen so aufgefallen wie jetzt. Er sieht aus wie ein alter Indianer, zumal seine grauen Haare jetzt lang sind und über dem Hemdkragen aufliegen. Der Gedanke stört mich nicht, dass ich vielleicht auch einmal so aussehe, wenn ich richtig alt bin. Als ich von unserer Umarmung zurücktrete, habe ich mich wieder unter Kontrolle. Gut so, denke ich, fehlt bloß noch, dass ich es bin, die flennt und eine Szene macht. Diese Rolle habe ich bisher in allen familiären Situationen gerne meiner Mutter überlassen. Wir gehen durch die Wohnung zum Garten. Er geht schwankend vor mir her. Mein einstmals stolzer, aufrecht gehender Vater, ist ein alter Mann. Ich weiß, dass ich diese Erfahrung nicht als einziger Mensch mache. Dennoch schockiert sie. Auch hier das Denken »Ich doch nicht, passiert mir doch nicht. Meine Eltern bleiben stark und unversehrt!« Ich habe gelesen, dass dies die erste Reaktion von Patienten ist, die die Diagnose »Krebs« erhalten. Sie denken, sie sind nicht gemeint, alles müsste ein grosser Irrtum sein. »Draußen brauche ich einen Stock«, sagt er geradezu leichthin, fast als Antwort auf meine Gedanken. Ich bewundere ihn in diesem Moment für seine Nonchalance, mit der er seine Gebrechlichkeit gekonnt überspielt. Im Garten bietet er uns einen Aperitif an. Ich sehe, wie er Schwierigkeiten mit dem Eingießen der Flüssigkeit in die kleinen Gläschen hat. Der Mittagstisch ist eingedeckt. Blumen stehen auf dem Tisch. Das hat meine Mutter arrangiert; ich sehe es an der Art, wie die Servietten gefaltet sind. Es wird laut im Haus, die Frau meines Bruders kommt mit ihrer sechsjährigen Tochter zum Essen. Sie will mich und meinen Freund Philipp kennenlernen. Mein Bruder Mischa hat keine Zeit zu kommen. Er muss arbeiten, lässt er durch seine Frau ausrichten. Diese Ausrede hat er das letzte Mal auch benutzt, als Philipp und ich an einem Feiertag zu Besuch kamen. Vor dem Essen habe ich einen unbeobachteten Moment mit Philipp. Wir reden nicht, aber ich sehe in seinen Augen, dass auch er vom sichtbaren körperlichen Verfall meines Vaters schockiert ist. Philipp habe ich erst vor einigen Jahren kennengelernt; er sieht meinen Vater heute zum zweiten Mal. Beim letzten Treffen ist uns noch ein kräftiger, älterer, gesund aussehender Herr begegnet. Unser Schock mildert sich ein wenig. Vater unterhält sich mit der fröhlich plappernden Enkelin. Das Essen scheint ihm immer noch zu schmecken. Vielleicht ist sein Zustand doch nicht so besorgniserregend? Ich kann mich an diesem Gedanken nicht festhalten; zu krank wirkt sein Aussehen. Unser Besuch scheint ihn zu beflügeln, er redet ununterbrochen, erzählt von seinen früheren beruflichen Reisen, die ihn um die ganze Welt, vor allem aber nach Südamerika führten. Auch hier mache ich mir keine Illusionen. Das ist ein Thema, das ihn immer beschäftigt hat, vor allem, wenn Zuhörer da waren, so wie jetzt. Später, zum Kaffee, kommen noch meine Tante und mein Onkel, Geschwister der Mutter, beide in den Achtzigern. Meine Tante lässt sich durch Michaels, meines Vaters, Redefluss in der Einschätzung der Situation völlig irritieren, wie sie mir später erzählt. Der Nachmittag vergeht wie im Flug. Ich sitze neben Vater und erlebe einen seiner furchtbaren Hustenanfälle, von denen mir meine Mutter bereits am Telefon erzählt hat. Ich kann nicht glauben, dass er bislang keine Medikamente von seinem Hausarzt dagegen bekommen hat. Seit Monaten quält er sich damit. Wie hält das sein Herz aus? Ich weiß nicht, was ich während des Anfalls machen soll, schaue fragend zu meiner Mutter. »Lass ihn husten«, sagt sie. Zwischen meinem bald achtzigjährigen Onkel und dem achtundsiebzigjährigen Vater sitzend, überlege ich, ob ich Philipp bitten soll, ein Foto von uns zu machen. Dann fällt mir ein, dass ich weder Kamera noch Handy dabei habe. Der Fotoapparat meiner Eltern wird sicher schon lange nicht mehr benutzt, wahrscheinlich werden sie ihn gar nicht in der Wohnung finden. Selbst meine Tante, die früher für jede ihrer Studienreisen ein eigenes Album angelegt hat, hat mit dem Fotografieren vor einigen Jahren aufgehört. Macht man keine Fotos mehr, wenn man ahnt, dass nur noch wenig Zeit bleiben wird, sie sich anzusehen? Vaters Erzählungen, die ich alle kenne, hören nicht auf. Mir fällt ein, dass ich mir vor dem Besuch Sorgen gemacht habe, wie ich meine Mutter stoppen kann, wenn sie beginnt, über meinen Vater zu schimpfen. Früher hat sie das immer gemacht. Meine 26-jährige Tochter erzählte nach einem Besuch: »Die Oma möchte allein leben, hat sie gesagt. Opa nervt sie.« Jetzt ist die Situation anders und das kein Thema mehr. Warum ich es so genau weiß, dass dies das letzte Treffen mit dem Vater ist? Es war ein starkes Bauchgefühl, als er uns die Tür öffnete und völlig verändert aussah. Ein kranker Mann. Die Tatsache, dass mir die Tränen in die Augen sprangen. Ich habe nicht nah am Wasser gebaut und weine nicht oft. Bei seinem

Anblick hatte ich aber sofort das Gefühl, das Wissen, dass es eines unserer letzten, wenn nicht das letzte Treffen ist. Die bisherigen Erfahrungen in meinem Leben mit meiner Intuition haben mir gezeigt, dass ich ihr völlig vertrauen kann. Ich tue das auch – ohne Zweifel. Vater zeigt uns seine Reisemitbringsel. Ein Schuh, gefertigt aus rohen Edelsteinen, ist dabei, den er vor langer Zeit aus Brasilien mitgebracht hat. Kein Schuh zum Anziehen sondern ein kleines Schmuckstück. »Der hat mir als Kind immer so gefallen«, erzähle ich Philipp beim Anschauen. »Gefällt er Dir immer noch?« fragt Vater. Als ich bejahe, meint er: »Dann nimm ihn mit.« Sofort fällt mir die alte Redewendung ein, dass ein Mann einer Frau keinen Schuh schenken soll sonst wird sie ihm davonlaufen. Jetzt schenkt mir Michael einen, jetzt darf ich also gehen. Es mag seltsam klingen, aber der geschenkte Schuh war für mich seine Versöhnung mit meiner Flucht aus dem Elternhaus gleich nach dem Abitur, die ihn so viel Kraft gekostet hatte, dass er Nierenbeschwerden bekam. Die Loslösung fiel ihm schwer damals. Seltsam auch, dass ich in der Woche vor dem Besuch sechs Paar neue Schuhe kaufte. Ich bin keine Suchtkäuferin. Ist der für mich exzessive Schuhkauf ein Hinweis darauf, dass ich zukünftig so selbstbestimmt wie nie zuvor über meine Schritte entscheiden kann? Noch weiß ich gar nichts. Zu viele Eindrücke. Mir fällt auf, wie entspannt die Situation am Kaffeetisch heute ist. Mein Vater genießt die Verwandten, die das Publikum bilden für seine Erzählungen von den vielen Reisen, die er beruflich machen durfte. Als Verkäufer für Rundstrickmaschinen, zwei Meter hohe Gebilde, die in Sekundenschnelle alles aus Strick herstellen können, bereiste er die ganze Welt. Heute würde man wohl seine berufliche Funktion Sales Managing Director nennen. Sein Lieblingsland war Südamerika. Ausführlich schildert er, wie er in Rio einmal knapp einem Überfall entkommen konnte – vor zwanzig Jahren. Ja, gefährlich ist es da. Er weiß nicht, dass Philipp und ich vor wenigen Jahren den ganzen Kontinent mehrere Wochen bereist haben. Damals hatte ich keine Lust, ihm davon zu erzählen. Sollte er ruhig weiter der Auffassung sein, er sei der einzige in der Familie, der weite Reisen gewagt hatte. Die Zeit der Machtkämpfe zwischen ihm und mir ist vorbei. Für mich ist die lockere und entspannte Situation heute bei den Eltern immer noch ungewohnt. War ich vor zehn Jahren, damals noch mit Ehemann und Kindern zu Besuch, so zeigte sich Michael stets unzugänglich und wortkarg. Wenn wir gemeinsam gegessen hatten, zog er sich kurz darauf gleich in sein Arbeitszimmer zurück und ließ mich, meinen Mann und die Kinder mit meiner Mutter am Tisch sitzen. Bei keinem Besuch hatte ich das Gefühl, dass er unsere Anwesenheit genoss, weder meine noch die meiner Familie. Heute, beim letzten Treffen, ist es anders. Er badet geradezu in der Aufmerksamkeit, die ihm und seinen Erzählungen entgegengebracht wird. Selbst Paula, meine Mutter, ist anders. Sie vergisst völlig, eine Bemerkung zu meinem Körpergewicht zu machen. »Hast Du zugenommen?« erschien ihr stets wichtiger als »Wie geht es Dir?« Auf der Rückfahrt im Zug sage ich zu Philipp:«Ich kann es nicht glauben, aber erst jetzt, mit einem todkranken Vater, war die Atmosphäre für mich angenehm. Wieso müssen Menschen todkrank werden, bevor man in ihrer Umgebung entspannt sein kann?« Wir sind aufgekratzt, bestellen uns im Bordrestaurant der Mitropa alles, worauf wir Lust haben und schrecken selbst vor dem teuren Rotwein nicht zurück. Die Eindrücke des vorangegangenen Besuches sind so stark, dass wir während des Essens vom Sterben reden. An den Tischen vor und hinter uns sitzen Einzelreisende. Obwohl wir uns leise unterhalten, scheinen sie von unserem Gespräch einiges mitgehört zu haben. Sie verabschieden sich nacheinander auffallend freundlich von uns.

# Rückblende

Zurück in Frankfurt blättere ich in Fotoalben. Erinnerungen.

*September 1992. Der sechzigste Geburtstag meiner Mutter Paula. Zusammen mit meinen Kindern Kristofer und Kristina, zehn und zwölf Jahre alt, bin ich mit dem Auto angereist. Paula hat mit ihrer Tanzgruppe eine kleine Showeinlage einstudiert, die sie gerade vorführen. Jung und sportlich schaut sie aus, meine Mutter. Meine Kinder, mein Vater, mein Bruder und ich sitzen an einem Tisch zusammen. Stolz und zärtlich schaut Michael seinen Sohn Mischa an. Ich betrachte amüsiert die Tanzgruppe meiner Mutter, die mit Petticoats und riesigen Propellerschleifen im Haar gerade einen Jive hinlegt.*

Ich erinnere mich genau daran, wie fehl am Platze ich mich auch an diesem Geburtstag der Mutter fühlte. Kristofer und Kristina sehen auch nicht glücklich aus auf dem Bild. Jahrzehntelang hatte ich mich verpflichtet gefühlt, zu Geburtstagen und zu den Feiertagen zu den Eltern zu fahren. Nicht ein einziges Mal hörte ich »Schön, dass Ihr gekommen seid!« Stets lagen Vorwürfe in der Luft. Vor allen Dingen DER Vorwurf: Dass ich es gewagt hatte, mit knapp zwanzig Jahren aus dem Haus zu gehen, war in ihren Augen ein Verrat, den sie mir nie verziehen hatten. Mein Bruder übernahm die Vorbehalte der Eltern gegen mich. Wenn es möglich war, ließ er sich bei meinen Besuchen nicht blicken. Den Grund kenne ich nicht. Vielleicht die Eifersucht auf die große Schwester, die bessere Schulnoten als er nach Hause brachte?

Wut, weil ich es gewagt hatte, zu gehen und er sich verlassen fühlte? Ich weiß es nicht. Heute interessiert es mich auch nicht mehr. Eine enge Beziehung hatten wir nie. Im September 1992 bin ich 32 Jahre alt, geschieden, ganztags berufstätig und lebe mit meinen beiden Kindern zusammen. Ich bin öfter beruflich unterwegs. Meine Kinder sind selbständig. Sie wissen, dass sie jederzeit zu den Nachbarn gehen können, wenn etwas Unvorhergesehenes sein sollte, während ich nicht da bin. So seltsam es klingt, aber der Job und die damit verbundene Abwechslung machen die riesige Belastung erträglich, alleinerziehend und damit völlig alleinverantwortlich für die Erziehung der Kinder zu sein. Ich bin gut im Organisieren, das erleichtert die Situation. Die Eltern fragen nie, wie ich es schaffe, Kinder, Beruf und Haushalt unter einen Haut zu bringen. Michael, der immer von seinem Beruf erzählt, fragt nie nach meinem. Er greift zum üblichen Mittel, wenn ihm etwas bedrohlich erscheint: einfach übersehen. Er hätte es lieber gesehen, wenn statt der Tochter der Sohn ein Studium vorzuweisen hätte. Der aber hat seines gerade abgebrochen und macht eine Lehre bei einem Discounter.

Kurz nach Mischas Geburt, ich war neun Jahre alt, war das Verhältnis zwischen Michael und mir nie mehr eng gewesen. Vater war so entzückt über den unerwarteten Stammhalter, dass er bei jeder Gelegenheit verkündete, dass hier der geborene Manager heranwachse, der natürlich in seine, des Vaters, Fußstapfen treten würde. Ich hatte ausgedient; Michaels Aufmerksamkeit begann sich völlig auf meinen kleinen Bruder zu konzentrieren. Unser Familienleben veränderte sich nach und nach. Die Geburt des Bruders, vor allem die darauffolgenden Jahre, in denen er heranwuchs, waren schwierig für mich. Ich war in der Pubertät, fühlte mich ohnehin ungeliebt und wurde sicher schwieriger für die Eltern – der niedliche Kleine machte es ihnen leichter als die eigenwillig gewordene Tochter. Früher machten Michael und ich gemeinsame Ausflüge mit dem Auto, meist ohne Paula, die es genoss, zuhause zu sein und ungestört putzen zu können. Samstags fuhren Vater und ich in die Kreisstadt und brachten vom Feinkostgeschäft Sachen mit, die Paula überflüssig fand, wir spielten Fußball und waren oft im Wald. Eigentlich verbrachten wir das gesamte Wochenende zusammen. Damit war dann nach des Bruders Geburt Schluss. Ich reagierte klassisch auf den Liebesentzug. Gleich nach dem Abitur flüchtete ich in die Arme meines späteren Ehemannes, den ich zum Entsetzen der Eltern bereits zwei Jahre zuvor, mit siebzehn Jahren kennengelernt hatte. Der Kontakt zu den Eltern kühlte völlig ab, ihnen missfiel mein Partner. Daran änderte sich auch nichts, als knapp neun Monate nach meinem Auszug aus dem Elternhaus mein erstes Kind, ihr erster Enkelsohn, geboren wurde. Zwei Jahre später folgte Kristina, ein Jahr darauf bestand ich mein juristisches Examen und begann mein Referendariat. Nach der Ausbildung schaffte ich es, einen gutbezahlten Beamtenjob zu bekommen. Meine Lebensstationen wurden wenig kommentiert und erschienen den Eltern als Selbstverständlichkeit. Munter wurden sie, als meine Befreiungsaktionen folgten, und sie ihre Ruhe gefährdet sahen. Zufällig wurde genau im Jahr der Trennung von meinem Ehemann ein riesiger Irish Setter angeschafft. Kristina, mein Tochter, wurde von ihm während eines Aufenthaltes in die Wange gebissen. Der Hund wollte ihren Hals treffen, aber die damals Sechsjährige war geistesgegenwärtig und drückte ihren Kopf nach unten. Aufgrund ihrer intuitiv schnellen Reaktion auf den Angriff gab es »nur« eine stark blutende Fleischwunde, die in der Klinik genäht werden musste. Eine große Narbe blieb. Aufgrund dieses Vorfalles konnte es in den kommenden Jahren, bis die Kinder dann volljährig und der Hund tot war, keine Ferienaufenthalte im Haus der Großeltern geben. Dem edlen Tier sei keineswegs ein Aufenthalt im Tierheim zuzumuten, so die Besitzer. Kam ich mit den Kindern zu Besuch, führte dies zu grotesken Szenen: Der Hund wurde in ein Zimmer gesperrt und jaulte sich während unseres gesamten Aufenthaltes die Seele aus dem Leib; mein Vater saß mit versteinertem Gesicht am Kaffeetisch und hätte am liebsten mitgeheult. Trotz dieser Umstände wurde von uns erwartet, dass wir im Hause übernachten. Ich versuchte, Übernachtungen im Haus der Eltern zu vermeiden. Beim 60. Geburtstag der Mutter zog ich wegen der Sicherheit für meine Kinder ins Hotel. Morgens kam meine Mutter zu uns und meinte, es sei eine Schande, dass wir im Hotel übernachten, wo doch in ihrem Hause so viel Platz sei. Auch ein zweites Unglück führte nicht zu mehr Einsicht: Bei einem Besuch zu Ostern griff der Hund erneut an. Wieder hatte er es auf Kristina abgesehen. Irgendjemand hatte ihn aus dem Zimmer geholt, in dem er während unseres Aufenthaltes bleiben sollte. Dieses Mal stand ich zufällig neben Kristina und konnte das Vieh mit einem gezielten Fusstritt davonjagen. »Ich bring den Köter um«, brüllte ich anschließend aufgebracht und schockiert. »Jetzt ist sie böse auf Dich«, meinte mein Vater daraufhin zu dem zwischenzeitlich neben ihm auf dem Sofa sitzenden riesigen Tier. Jahre später, bei einem Anruf, habe ich ausnahmsweise gleich Michael am Apparat. Seine Stimme klingt gedrückt. »Was ist los?«, frage ich. »Ein Freund ist gestorben«, teilt er mir leise mit. Der Hund ist tot.

*Juni 1969. Erstkommunion – ein Ereignis in der katholischen Kleinstadt. Alle Verwandten sind eingeladen. Stolz gehe ich, ganz in Weiß gekleidet – weiße Handschuhe, weißes Kränzchen im Haar, weißes Täschchen am Arm baumelnd – an Vaters Hand zur Kirche. Aus dem schlanken Dreißigjährigen ist ein saturierter Vierziger mit rundem Gesicht geworden. Auf einem weiteren Foto schiebt er stolz den auffälligen roten Kinderwagen mit meinem kleinen Bruder darin. Mit Vater und Mutter strahle ich auf einem anderen unscharfen Bild in die Kamera. Mama trägt die Einheitsfrisur der Zeit – eine unförmige Dauerwellpampe, dunkelblaues Kostüm und ebensolche Schuhe. Bloß nicht auffallen in der Kleinstadt.*

Weiß lässt unschuldig wirken. Ich war mit knapp zehn Jahren alles andere als ein Unschuldslamm. Damals war ich Chefin einer Mädchenbande – und das an einer Klosterschule. Wer mir nicht gefiel, hatte Pech gehabt. Mädchen, die ich nicht mochte, ließ ich von meinen Bandenmitgliedern verkloppen. Die Nonnen wollten mich deshalb von der Schule verweisen. »Solch ein Mädchen haben wir noch nie gehabt«, musste sich meine Mutter am Elternabend von Schwester Lukretia, der Klassenlehrerin, anhören. Weinend kam Paula anschließend nach Hause: zwei Elternpaare, deren Töchter auf meiner ›Verhauliste‹ ganz oben standen, hatten meinen Rausschmiss bereits bei der Schulleitung gefordert. Der unterblieb, weil ich Klassenbeste war. Die Leitung war sich sicher, dass ich nach Ende des vierten Schuljahres ohnehin auf's Gymnasium wechseln würde. Das »Höhere Töchterinstitut« der Nonnen bot nur die die Mittlere Reife an. Das reichte ja auch für spätere Hausfrauen. Das »Kaff«, wie ich die Kleinstadt nannte, in der ich aufwuchs, begann mich schon früh zu langweilen. Der Geist, der dort – falls überhaupt –wehte, war mir zu eng, ich wollte raus. Freiheit! Weg! Mit zwölf Jahren machte ich lange Spaziergänge mit dem damaligen Hund, einem kleinen Foxterrier, und stellte mir intensiv vor, dass bald der Prinz mit einer weißen Kutsche kommen und mich mitnehmen würde. Meine Wunschkraft ist wohl recht stark: Vier Jahre später tauchte mein Prinz tatsächlich auf. Zeitgemäß nicht mit einer weißen Kutsche sondern im weißen Mercedes. Er sollte der Vater meiner beiden Kinder werden. Dass Prinzen nicht unbedingt alltagstauglich sind, sollte sich erst später zeigen.

*August 1977, Avignon, Frankreich. Ich sitze mit zwei Mädchen auf einer Treppe in einem kleinen französischen Dorf. Gerade haben wir einen Stierkampf gesehen, wie er in der Region üblich ist; völlig unblutig, nicht dramatisch, eher lustig: mehrere Männer, ganz in Weiß gekleidet, versuchen, den Stier auf sich aufmerksam zu machen. Kommt er herangerast, stürzen die Männer sich kopfüber in die Zuschauer, die in einer Arena dem Geschehen folgen. Sie werden von diesen lachend aufgefangen. Die Mädchen und ich schauen gelöst in die Kamera. Das Spektakel haben wir genossen. Drei Wochen sind wir bei französischen Gasteltern. Wir haben Glück gehabt mit unserer Familie, werden hervorragend bekocht und umsorgt. Glücklich schaue ich aus. Der Aufenthalt fernab von zuhause tut mir gut.*

Zwei Jahre zuvor war ich in England. Auch dort hatte ich wenig Sehnsucht nach zuhause. Besonders die Gasteltern vermisse ich nach jeder Rückkehr. Bei Tisch wird nicht nur gegessen sondern gelacht und geredet. Das kenne ich nicht. Besonders die Franzosen sitzen jeden Abend lange mit uns beim Essen und sind neugierig, vom Leben in Deutschland zu erfahren. Mein Französisch ist recht gut, und ich geniesse die Gespräche bei Rotwein, Käse und Baguette. Von zuhause kenne ich das nicht. Meist sehen wir uns dort nur zum Abendbrot, und es wird wortlos in sich reingeschaufelt. Wird doch einmal gesprochen, regt sich Michael schnell über etwas auf. Meinen Mitteilungsdrang beim Essen stoppe ich, nachdem mir ein mit Rotkohl gefüllter Teller um die Ohren geflogen war. Ich hatte mich geweigert, eine Verabredung mit einem Jungen auf Wunsch Michaels abzusagen. Bei den ausländischen Gasteltern war alles anders. Die Väter dort waren am späten Nachmittag zuhause und halfen bei der Versorgung der Kinder. Sie spielten mit ihnen und wickelten die Kleinen. Werktägliche Vatereigenschaften waren mir völlig unbekannt. Mein Vater saß ab 7.30 Uhr morgens am Schreibtisch in seinem Büro. »Ich bin der Einzige, der um diese Zeit da ist«, rühmte er sich. »Die anderen sind alle Faulenzer.« Frühestens um 8.30 Uhr kam der erste

Kollege. Zuhause sahen wir ihn abends um sieben Uhr wieder. Als miterziehenden Elternteil kannte ich ihn nicht. Abends saß er schweigend mit am Tisch. Natürlich müde. Sein Bürotag war ja auch sehr lang. Nachdem das Traumhaus gebaut war, fanden auch keine Ausflüge mehr statt. Jetzt hatte man ja den eigenen Garten. »Raus müssen wir jetzt nicht mehr«, hieß es zufrieden von den Eltern. »Wir haben ja jetzt alles hier.« Am Wochenende erholte sich Vater auf der Terrasse – schlafend und lesend. In meiner Teenagerzeit langweilte ich mich tödlich an den Sonntagen. Außer dem Schwimmbad im Sommer gab es keine Abwechslung in der kleinen Stadt für Heranwachsende. Ich sehnte das Erwachsensein herbei. Meine Mutter vermittelte mir nie den Eindruck, als würde sie Ausflüge oder gar Urlaube vermissen. Längeres Zusammensein mit der Familie bedeutete auch für sie Stress. Fernab von zuhause konnten die Eltern noch weniger loslassen. Michael streifte ruhelos durch die Hotelhallen und vermisste seinen Garten, mehr noch sein Büro. Paula fühlte sich völlig nutzlos in einem Umfeld, wo sie umsorgt wurde. Sie hätte lieber selbst geputzt und gekocht und gewaschen. »Zuhause ist es am schönsten«, waren sich beide einig. Für mich war das als neugieriger Teenager kein Konzept für das Leben. Ich wollte die Welt sehen. Nach meiner Rückkehr aus England und meiner begeisterten Schilderung der Gasteltern meinte Paula; »Wir haben so gespart, dass wir dir das bezahlen konnten.« Frankreich, zwei Jahre später, finanzierte ich vom selbstverdienten Geld. Schuldgefühle, nein danke! Noch ahne ich nicht, dass ein riesiges Schuldgefühl mich noch Jahrzehnte begleiten wird.

Philipp ist der erste Freund, den ich 15 Jahre nach meiner Scheidung, den Eltern vorstelle. Die Jahre zuvor war ich, alleinerziehend, ganztags berufstätig, über wenig Zeit verfügend, die Geliebte eines verheirateten Mannes. Über diese Zeit wissen die Eltern nichts. Nach meinem Privatleben haben sie nicht gefragt. Einmal zeigte Kristina ihnen ein Foto, das sie im Auto meines älteren Freundes zeigte: »Aha, reiche Rentner ausnehmen«, lautete der Kommentar. Ich war nicht erstaunt, denn schon als Motiv für meine Ehe hatten mir die Eltern den Mercedes unterstellt, den Hans, der Vater meiner Kinder damals fuhr. Philipps Auftreten verändert die Situation in meiner Herkunftsfamilie. Plötzlich erhalte ich von Paula sorgsam ausgewählte, riesige Glückwunschkarten zum Geburtstag. Zuvor waren es die im Dutzend billiger gekauften, die sie stets bereits vier Wochen vor dem Tag zu verschicken pflegte. »Ihr könnt uns jederzeit besuchen«, steht auf jeder Karte. Verständlich, dieses Angebot, denn jetzt rücke ich nicht mehr mit zwei kleinen Kindern an, die den Hund belästigen.

*August 1994. Ein kurzer Besuch bei den Großeltern. Michael sitzt seinen Enkeln Kristofer und Kristina gegenüber und schaut sich eines der Schulzeugnisse an, die vor einigen Tagen ausgeteilt wurden. Es ist das von Kristofer, der gespannt eine Reaktion des Großvaters erwartet. Seine neben ihm sitzende Schwester schaut eher gelangweilt. Sie will lieber gleich aufspringen, um sich das riesige Haus anzusehen, in dem es für sie immer etwas zu entdecken gibt. Die Atmosphäre ist vorsichtig – angespannt; die Kinder wissen nicht, welche Reaktion sie zu erwarten haben. Die liebevolle Großvater-Rolle hat Michael nie behagt.*

14. Mai, Muttertag. Ich rufe bei den Eltern an. »Nichts Neues«, sagt meine Mutter. »Ärztestreik«, der Termin für die Tomographie ist verschoben worden. Erst nächste Woche sind wir dran.« Ob mein Vater hustenberuhigende Medikamente verschrieben bekommen hat, will ich wissen, damit er sich nicht mehr so quälen muss. »Nein, ich muss Dir aber noch was anderes sagen. Anja (die Frau meines Bruders) hat Brustkrebs und wird bestrahlt. Sie wusste es schon, als ihr euch am 1. Mai getroffen

hat und will es aber niemanden sagen, damit ihre Mutter es nicht erfährt und überall herumerzählt.« Eigentlich wundert mich, dass uns meine Mutter gleich am Bahnhof gesagt hat, dass Vater krank ist. Zum Familienverhalten würde es eher passen, dass dies überhaupt nicht erwähnt wird. Befindlichkeiten sind nie ein Thema, daher passt Anja auch gut in diese Sippe. Wie immer richte ich Paula Grüsse aus an meinen Bruder und Anja. »Was kann ich sonst noch machen?«, frage ich. »Nichts.« Paula legt auf.

# Mischa

Mischa, mein Bruder. Eigentlich heißt er Michael, wie sein Vater, aber als er ein Kind war, begann irgendjemand, ihn Mischa zu nennen. Dabei ist es geblieben. Ich war acht Jahre alt, als er geboren wurde. Anfangs wollte ich ihn zu meinen Puppen legen. Ich verstand nicht, wieso Paula von meinen Absichten nicht begeistert war. Er hätte genau in meinen Puppenwagen gepasst. Mein Interesse an dem winzigen Etwas verschwand schnell. Paula wurde sehr beansprucht, da das Baby sechs Monate nicht daran dachte, nachts durchzuschlafen. Michael war von dem Neuankömmling restlos begeistert. »Ein richtiger Junge«, war sein Kommentar zum Schreiverhalten des Säuglings. »Aus dem wird sicher ein großer Manager.« Manager waren wichtige Leute, das wusste ich mit acht Jahren. Vater gehörte ja zu ihnen. Anfangs war ich sehr enttäuscht, dass Michael den Manager-Spruch nicht auch auf mich anwandte. In der Pubertät reagierte ich nur noch genervt-gelangweilt, wenn er bei jedem Erfolg seines Sohnes den zukünftigen Manager erwähnte – auch wenn dieser gerade ein Tor im Fußball geschossen hatte. Wie sehr mich die überschäumende Begeisterung der Eltern für den Sohn dann doch schockiert hatte, zeigte sich knapp zwei Jahre nach dessen Geburt bei mir körperlich. Ich stotterte. Es passierte zwar nie vor den Eltern, aber ich konnte meinen Namen nicht mehr aussprechen. Einmal rief die Sekretärin meines Vaters an, und ich schaffte immer nur den ersten Buchstaben und blieb dann hängen: »D…,D…,D….« Die Anruferin war genauso schockiert wie ich und erlöste mich dann von meiner Pein: »Daniela, kann ich bitte Deine Mutter sprechen?« Vor Scham versank ich fast im Boden. Ich war knallrot geworden, das spürte ich und bekam keine Luft mehr. Obwohl sie mich am anderen Ende der Leitung nicht sehen konnte, hatte ich das Gefühl, sie hätte meine körperlichen Reaktionen bemerkt. ›Ich bin krank, ich brauche Behandlung, wenn ich nicht einmal mehr meinen Namen sagen kann‹, dachte ich. Mir fiel aber niemand ein, an den ich mich hätte wenden können. Den Eltern wollte ich es nicht sagen. Stottern war peinlich, Nur Idioten stottern. Meinen vermeintlichen Makel behielt ich für mich obwohl in der Schule dasselbe Problem auftauchte. Wir hatten oft Aushilfslehrer, die unsere Namen nicht kannten. Ich stellte fest, dass ich durch Konzentration und ruhige Atmung mein Problem in den Griff bekommen konnte. Wenn ich tief durchatmete und langsam artikulierte, konnte ich meinen Namen sagen. Es klang zwar seltsam, wenn jeder Buchstabe überdeutlich ausgesprochen wurde, aber die Mädchen in meiner Klasse brachen nicht mehr in Gelächter aus wie zuvor. Heute fällt mir noch zuerst mein Schock ein, wenn ich mal wieder in einer Runde sitze, wo es heißt:«Wir wollen uns zuerst mal vorstellen. Hat jemand was dagegen, wenn wir uns duzen?»

Die anfängliche Begeisterung der Eltern für den Sohn erhielt einen ersten Dämpfer, als Mischa eingeschult wurde. Schon in der 1. Klasse stellte sich heraus, dass er nicht der Hellste war. Er verstand langsam und brauchte viel Zeit für die Hausaufgaben. Ganz anders als seine große Schwester. Paula half ihm jeden Tag bei den Schulaufgaben. Das wäre nicht nötig gewesen, aber sie ließ sich nicht davon abbringen, direkt neben ihm an seinem Schreibtisch zu sitzen, wenn er rechnete, las und schrieb. Täglich endete die übermäßige mütterliche Betreuung in Geheul und Geschrei. Mischa machte es nervös, dass er nicht alleine arbeiten konnte und die Mutter regte sich über seine Langsamkeit auf. Mit den Jahren verbreitete sich der emotionale Graben zwischen Mischa und mir immer mehr. Wir erfüllten die zugewiesenen Rollen: Ich war die selbständige, schlaue Große, die machte, was sie für richtig hielt; Mischa war der nette, liebe

Kleine, der von den Eltern verhätschelt wurde. Vereint gegen die Erwachsenen, wie es oft zwischen Geschwistern üblich ist, waren wir nie. Die Tatsache, dass Mischa in den folgenden Jahren mit wesentlich schlechteren Noten als ich das Abitur ablegte und sein Studium gleich nach dem zweiten Semester abbrach, sollte ebenfalls nicht zu einem entspannten Verhalten zwischen uns beitragen. Stets vermittelte Mischa mir den Eindruck, sein eher gemäßigtes Interesse an der Wissensaufnahme sei meine Schuld.

*Juli 1971. Mischa und ich tollen auf einem Wasserbett herum. Überall stehen Schlafzimmermöbel. Die Eltern kaufen gerade die Einrichtung für das neue Haus, in das wir in vier Wochen einziehen werden.. Keiner achtet auf uns. Mischa und ich haben viel Spass zusammen und hüpfen wild herum, bis ein Verkäufer uns ermahnt.*

*Herbst 1971. Wir sind, zusammen mit meinem Onkel, auf dem Waldspielplatz, der gerade eröffnet wurde. Aus Baumstämmen haben Forstschüler riesige Figuren angefertigt. Mutig rutscht der vierjährige Mischa einen glattgehobelten Baumstamm herunter; gerade bin ich auch heruntergerutscht und warte hüpfend auf ihn. Mischa und ich bekommen an diesem Nachmittag nicht genug vom Herumtoben. Nur widerwillig folgen wir meinem Onkel, der uns nach Hause bringen will. Wir sind ihm zu wild; er befürchtet, es könne uns etwas passieren, weil wir so übermütig sind.*

Als Mischa drei Jahre alt war, gab es noch eine Verbindung zwischen uns. Er liebte es, mit mir wild herumzutoben. Der Konkurrenzdruck war noch nicht ausgebrochen, weil er noch nicht in die Schule ging. Später nervte mich seine Art, alles meiner Mutter erzählen zu müssen, die die Gabe besaß, sich bereits über Kleinigkeiten enorm aufzuregen. Größere Aufregungen sorgten für tagelanges Theater. Unser unternehmungslustiger Onkel hatte uns an einem schönen Frühlingssonntag samt Hund zu einem Spaziergang rund um den See in der Parkanlage der nächstgelegenen Kurstadt mitgenommen. Natürlich tobten Mischa und ich wieder herum, und der kleine Foxterrier hüpfte uns hinterher und landete plötzlich – mit einem großen Sprung über eine kleine Steinbrücke, den ihm niemand zugetraut hätte –, im See des Kurparks. Schockiert paddelte er nun im Wasser. Mehrere Passanten hielten den Onkel über der Brücke an den Beinen, dem es tatsächlich gelang, den Hund wieder aus dem See herauszubekommen. Bei der Aktion verlor er seinen Hausschlüssel, den er allerdings getrennt vom Autoschlüssel aufbewahrt hatte. Wir konnten also samt zitterndem Hund nach Hause fahren. Natürlich beschlossen wir, nichts von dem Vorfall zu erzählen. Wir waren alle so froh, dass der Hund offensichtlich ein so starkes Herz hatte, dass er den Aufenthalt im eiskalten Wasser trotz Schocks überlebt hatte. Im Auto hatte der Onkel die Heizung voll aufgedreht, damit das Tier schnell trocknen konnte. Um nicht mit einem nassen Hund anzukommen, fuhren wir noch zwei Stunden durch die Gegend. Zuhause angekommen, öffnete meine Mutter die Haustür. »Wo wart ihr denn so lange?«fragte sie vorwurfsvoll. Mischa konnte nicht an sich halten: »Mama, der Tino ist in den See gefallen und Onkel Samuel hat ihn wieder rausgeholt.« Wie zu erwarten, gab es eine Schimpftirade, die nicht mehr aufhören wollte. Der arme Onkel musste besonders viel Unmut über sich ergehen lassen, dabei hatte sein schnelles Eingreifen dafür gesorgt, dass der Hund noch lebte. Stoisch ließ er den Auftritt seiner Schwester über sich ergehen und rief dann von unserem Telefon aus den Schlüsseldienst an – sein Hausschlüssel lag ja im Kurparksee. Ich ahnte es bereits und war deshalb stocksauer auf Mischa: das war der letzte Ausflug mit dem Onkel. Er hatte keine Lust mehr, Verantwortung für uns tragen zu müssen und sich hinterher ausschimpfen zu lassen. Für uns Kinder bedeutete dies noch mehr Langeweile am Wochenende und den Feiertagen, denn gemeinsame Unternehmungen gab es seit einiger Zeit, als das neue Haus geplant und bezogen wurde, nicht mehr. Die Sonntage waren ein Graus. Als Dreizehnjährige begann ich mich am Wochenende tödlich zu langweilen. Ich atmete auf, wenn wieder Montag war. Dann konnte ich zur Schule gehen.

Die letzte gemeinsame Unternehmung mit Mischa war an seinem 5. Geburtstag. Ihm wollte ich eine besondere Freude machen, deshalb mietete ich ein Ruderboot für eine Fahrt auf dem ruhigen Fluss, der durch unser Städtchen führte. Mitten auf dem Wasser bekam Mischa plötzlich Angst und wollte schnell zurück ans Ufer. Er wollte aufstehen. Der kleine Kahn begann bedrohlich zu schaukeln. Auch ich geriet plötzlich in Panik und schrie ihn an sich zu setzen. Am Ufer angekommen ließ ich meinen Frust und die Enttäuschung über das misslungene Geburtstagsgeschenk natürlich an dem Kleinen ab. Als ältere dreizehnjährige Schwester wollte ich mir eine besondere Überraschung einfalllen lassen und die war nun, fast im wahrsten Sinn des Wortes, ins Wasser gefallen: »Das war das letzte Mal, dass ich mit Dir etwas unternehme. Bleib am besten bei Deiner Mama, du Angsthase, du heulst doch immer nur nach deiner Mutter. Den totalen Tiefpunkt erreichte unsere Bruder-Schwester-Beziehung, als meine Mutter beschloss, ich solle dem Achtjährigen Flötenunterricht erteilen. »Du hast doch sowieso Schüler, da kannst Du ihn doch auch unterrichten«, meinte sie. Ich hatte seit vier Jahren Unterricht in Querflöte, machte schnelle Fortschritte und nahm an Wettbewerben teil. Meine Lehrerin ließ mich Schüler unterrichten, die sie nicht mehr annehmen konnte, was mir als Sechzehnjährige ein regelmäßiges kleines Einkommen verschaffte. Mischa aber, das war schnell zu bemerken, lag das Instrument überhaupt nicht, obwohl er sich mühte. Er tat mir leid, auch bemerkte ich, dass ich bei ihm wesentlich ungeduldiger als bei meinen anderen Schülern reagierte. Um ihm und mir weitere Pein zu ersparen, teilte ich Paula mit, dass ich ihn nicht weiter unterrichten würde. Er sei sicher bei einem Lehrer, der nicht zur Familie gehörte, besser aufgehoben. Paula reagierte sehr ungehalten und verstand meine Gründe nicht. »Jetzt hat er doch deine alte Flöte, da wirst du ihm doch was beibringen können wie deinen anderen Schülern.« Erst als Mischa bereits beim Anblick der ungeliebten Flöte in Tränen ausbrach, verabschiedete sie sich von ihrer Idee mit den zwei Flötisten in der Familie.

# Business und die Manager

*Februar 1971 – Mit elf Jahren sitze ich zwischen meinem Vater und einem seiner Geschäftsfreunde aus Brasilien. Der Tisch vor uns ist festlich gedeckt mit Silberbesteck und weißem Porzellan mit Goldrand. Vater hat auf Kosten seines Arbeitgebers in ein sehr teures Restaurant geladen; es ist ein altes Schloss, das ganz versteckt in einem Wald liegt – ein Geheimtipp für Ortskundige. Vater muss an dem Tag viele Maschinen verkauft haben, er ist bester Laune. Lachend schauen wir alle in die Kamera. Stolz und glücklich sehe ich aus. Zwei weitere Männer sitzen uns am Tisch gegenüber, sie sind ebenfalls Freunde meines Vaters. Sie haben die Jacketts abgelegt. Jetzt, nach einem anstrengenden Tag, sehen sie locker und entspannt aus. Bei Tisch bin ich das einzige weibliche Wesen. Die Ehefrauen der Geschäftsmänner sind zuhause und beaufsichtigen die Kinder. Meine Mutter ist auch nicht dabei; sie wollte meinen zweijährigen Bruder nicht alleine zu Hause lassen. Jetzt, mit dem noch kleinen Bruder, ist meine Hoch-Zeit im Elternhaus. Er wird zu solchen Anlässen nicht mitgenommen, das ist Paula viel zu stressig. Mit einem Babysitter will sie ihn nicht zuhause lassen, weil er immer viel schreit, wenn seine Mutter nicht da ist.*

Schon als kleines Mädchen fand ich Vaters Welt tausendmal spannender als die meiner Mutter. Bei ihr spürte ich schon früh Hausfrauenfrust. Sie gab sich gerne unselbständig und schwächer als sie war. Deshalb hatte ich die Rolle der Starken in der Familie. Bereits als Fünfjährige fauchte ich bei einer Auseinandersetzung die älteste Schwester meiner Mutter an: »Wenn du meiner Mama was Böses sagst, hau ich dich!« Paula stand aufgelöst neben mir, unfähig, sich selbst gegen die verbalen Angriffe ihrer Schwester zu wehren. Frauen, das war sehr früh meine Meinung, führen ein stinklangweiliges Leben, warten nur auf den Mann, sind ständig traurig und können sich nicht durchsetzen. Als Teenager las ich Bücher mit Titeln wie »Frau und Karriere«, »Mit Selbstbewusstsein zum Erfolg«, »Sprachlos und weiblich.« Mein Entschluss stand fest: Nach bestandenem Abitur würde ich ein mindestens genauso aufregendes Leben führen wie es in meinen Augen der Vater meiner Kindertage tat. Michael bereiste wochenlang fremde Länder. Paula und ich blieben trauernd und wartend zurück. Wären nicht Paulas Geschwister gewesen, die Autos besaßen und mit uns Ausflüge machten, wenn der Vater nicht da war, wären wir zusammen völlig in einer wochenlangen Depression versunken bis der Tag seiner Rückkehr nahte. Schon früh suchte ich Trost während seiner Abwesenheit und fand ihn zunächst in seiner umfangreichen Plattensammlung. Die kleinen 45-er Platten stammten fast alle aus seiner Junggesellenzeit, wie mir Paula erzählt hatte. Ich war fünf oder sechs Jahre alt und hörte mir stundenlang alles auf dem riesigen dunkelbraunen Musikschrank an, der eine Wand unseres Wohnzimmers fast vollständig beanspruchte. Michael hatte mir vor einer seiner langen Reisen gezeigt, wie ich die Platten auflegen musste. Da war Musik aus allen Ländern der Welt: Gitarrenkonzerte von Belina und Behrend, italienische Schlager-darunter mein Lieblingslied »Buona, buona notte«, ein Schlaflied für Kinder –, Folklore aus Peru, der »Fiddler on the Roof«, französische Chansons und natürlich das Lied, das meine Kindersehnsüchte nach der weiten Welt und dem entschwundenen Vater am besten verkörperte: »Ein Schiff wird kommen«, gesungen von der Griechin Melina Mercouri: »Ich bin ein Mädchen von Piräus und liebe den Hafen, die Schiffe und das Meer. Ich lieb' das Lachen der Matrosen und Küsse, die schmecken nach See, nach Salz und Teer. Es lockt der Zauber von Piräus, drum stehe ich Abend für Abend hier am Kai und warte auf die fremden Schiffe aus

Hongkong, aus Jaffa, aus Chile und Shanghai. Ein Schiff wird kommen, und das bringt mir den einen, der mich so liebt wie keine, und der mich glücklich macht. Ein Schiff wird kommen und meinen Traum erfüllen und meine Sehnsucht stillen, die Sehnsucht mancher Nacht.«Den gesamten Text musste Paula mitstenographieren und mir in Normalschrift aufschreiben. Lesen konnte ich bereits. Dann lernte ich ihn auswendig. Noch heute kann ich die Fünfjährige sehen, wie sie selig dieses Lied wieder und wieder singt. Trost während der langen Zeiten des Sich-alleingelassen-fühlens schöpfte ich auch aus Michaels Büchern. Mit ›Hanni und Nanni‹ begann meine Leselust, aber schnell entdeckte ich viel Interessanteres in Vaters Bücherregal. Bald verschlang ich alles, was ich dort fand. Er war Mitglied im Buchclub und erhielt so stets die neuesten Romane. Ich las alles, entdeckte China mit den Augen von Pearl S. Buck, bereiste Amerika mit Truman Capote und James Michener, erhielt erste Einblicke in die Tragik der Liebe durch Stendhal und Balzac und dank Henry Miller musste ich nicht mehr aufgeklärt werden. War das Ende des Wartens angebrochen, so brachte uns der Chauffeur seines Chefs zum Flughafen. Wir erwachten aus unserer Totenstarre, in die uns Vaters Abwesenheit versetzt hatte. Paula machte sich hübsch und zog uns Kindern die Sonntagssachen an. Der Chauffeur kam mit dem großen Mercedes, nahm seine graue Mütze ab und hielt meiner Mutter den Wagenschlag auf. Die Zeit der Trauer war vorbei: Papa kam zurück! Am Flughafen genoss ich die Atmosphäre der weiten Welt. Dort wollte ich auch hin. Flughafen, das bedeutete, »er« kam zurück und mit ihm kam wieder Leben in unser Haus, das in seiner Abwesenheit ein Mausoleum geworden war. Noch wusste ich nicht genau, warum ich als kleines Kind stets das Gefühl hatte, in einem schwarzen Loch unterzugehen, sobald ich mit der Mutter alleine war. Mit Michael kam das Leben zurück. Er erzählte Geschichten aus fernen Ländern, brachte Geschenke mit, war oft braungebrannt bei der Rückkehr. Natürlich war er wieder erfolgreich gewesen und hatte viele Maschinen verkauft. Viel gearbeitet habe er, die Messe sei anstrengend gewesen. Jetzt sei er wieder froh, zuhause zu sein. Nirgendwo sei es schöner. So oder ähnlich lauteten jedes Mal die Berichte. Als ich fünfzehn war, begannen sie mich zu langweilen. Ich litt nicht mehr unter seiner Abwesenheit, weil ich viel Zeit außerhalb des Hauses verbrachte; entweder war ich mit einer Freundin zusammen oder hatte Proben für ein Konzert. Ich begann, mein eigenes Leben zu führen. Zum Flughafen fuhren Mutter, Bruder und ich längst nicht mehr zusammen. Michael ließ sich von einem Taxi nach Hause bringen; die frühere Firma hatte Pleite gemacht. Er war jetzt für ein Unternehmen tätig, bei dem es keine Chauffeure gab. Mit fünfzehn war ich gedanklich schon damit beschäftigt, meinen eigenen Weggang aus der Kleinstadt zu planen. Nicht für ein paar Wochen sondern für immer. Bis zum Abitur beabsichtigte ich zu bleiben, schließlich wollte ich studieren. Aber dann würde ich in eine Großstadt gehen, jobben, um unabhängig vom Geld der Eltern zu sein und mein Studium in Rekordzeit durchziehen. Irgendwie müsste alles zu vereinbaren sein. Geld zu verdienen war für mich kein Problem. Schon während der Schule gab ich Nachhilfe, ich hatte Flötenschüler und jobbte bei der Tageszeitung. Ich war unabhängig. Ich konnte machen, was ich wollte.

Vielleicht begannen deshalb die furchtbaren Auseinandersetzungen – zuerst mit Michael, dann mit Paula. Beide spürten wohl meinen Unabhängigkeitsdrang und versuchten es mit Widerstand. Michael verbot mir abendliches Ausgehen, die Haustür sollte um neun Uhr abends verschlossen sein und geschlossen bleiben. Heimlich hineinschleichen war nicht möglich, der Terrier bellte jedes Mal, wenn ich kam. Drohend stand Michael im Türrahmen. Da ich mich nie an seine Zeitvorgaben hielt, versuchte er, sich mit der Metall-Hundeleine Respekt zu verschaffen. Damit war ich nicht zu beeindrucken. »Schlag doch«, sagte ich leise zu ihm. »Lange werde ich sowieso nicht mehr hier sein. Dann ziehst du einen Graben um dein Haus, füllst ihn mit Wasser, setzt Krokodile rein und ziehst die Zugbrücke hoch. Dann bist Du der glücklichste Mensch der Welt.« Er schlug zu und war hinterher völlig außer sich. Trotz der Schläge behielt ich die Kontrolle. Er hatte Schwäche gezeigt. »Er war so kaputt, wenn er dich schlagen musste«, lautete Paulas Kommentar zu seinen Prügeleien. Typisch Paula, niemals erhob sie ihre Stimme gegen den Herrn und Meister, stets war sie ganz »her master's voice«, plapperte stets alles nach, was er vorgab, scheute aber nicht davor zurück, in seiner Abwesenheit über ihn herzuziehen. Ihr ganzes Leben lang war sie so begeistert von dem Geschäftsmann, den sie sich geangelt hatte, dass sie ob dieses Glücks jegliche eigene Meinung verloren hatte.

*5. August 1967 (Tagebuch): Lieber Papa, du fehlst mir so, Mama war traurig, ich wusste nicht, was ich machen soll. Du fehlst mir. Acht Wochen sind furchtbar lang. Eigentlich wollte ich einen Brief schreiben, ich weis aber, dass Mama ihn nicht abschicken wird wen sie sieht was ich geschrieben habe. Wir sollen doch nicht meckern sondern zufrieden sein. Ich will, das du zurückkommst, ich halte es hier nicht mehr aus. Heute war frau holler hier und hat wäsche gewaschen mit Mama und vorhänge aufgehängt. Mama hat mit ihr geschimpft. Papa komm bald zurück, ich brauche dich, daniela*

Einer meiner Hilfeschreie an Michael. Ich schrieb immer mehrere, wenn er auf Reisen war. Abschicken konnte ich sie nicht. Wir hatten zuhause keine aktuelle Anschrift von ihm; die schickte er nur ans Büro. Wollte meine Mutter mit ihm telefonieren, musste sie die Nummer im Büro erfragen. Dort war man besser informiert als wir. Michael meldete sich nur in großen Abständen von unterwegs. In den sechziger und siebziger Jahren war das Telefonnetz in Übersee noch so schlecht, dass das Rauschen in der Leitung stets seine Stimme übertönte. Vaters Anrufe waren deshalb immer sehr kurz. Ob es ihm gut ging, erfuhren wir durch die Telexe, die er an sein Büro schickte: »Gut angekommen, alles ok, euer Papa«, wurde meiner Mutter von Vaters Sekretärin am Telefon vorgelesen. In meiner Sehnsucht nach dem wochenlang Abwesenden wandte ich mich, katholisch erzogen, natürlich auch an den lieben Gott. Jede Nacht betete ich zu ihm und bat ihn, mir meinen Papa wieder heil zurückzubringen. Damit ich nichts vergaß, hatte ich mir all meine Fürbitten aufgeschrieben: »Bitte, hilf, dass das Flugzeug sicher ist, mit dem er fliegt«, hieß es da. »Bitte, lass den Piloten nicht betrunken sein. Lieber Gott, bitte hilf, dass mein Papa nicht von einer bösen Bande entführt wird. Hilf, dass kein Auto ihn überfährt.« Alle Gefahren, die mir einfielen, zählte ich auf. Hinterher konnte ich trotzdem nicht einschlafen. Was war, wenn ich etwas vergessen hatte?

Heute bin ich mir sicher, dass mein Vater mit dem Ins-Bürogehen, seinen wochenlangen, ja, monatelangen Geschäftsreisen und seinen verkauften Maschinen so beschäftigt war, dass ihn seine Familie nur am Rande interessierte. Selbstverständlich ging er davon aus, dass wir alle funktionierten und das entsprechende Hintergrundbild für seine beruflichen Erfolge lieferten. Dafür hatten wir es ja gut: wir lebten im eigenen Haus, das allerdings sein größter Traum war, vielleicht noch der meiner Mutter. Sie klagte jedoch oft über die Arbeit in Haus und Garten. Mein Traum war es sicher nicht. Ich wäre gern in meinem Kinderzimmer in der Altstadtwohnung geblieben. Dort hatte ich nicht weit zur Schule und zu der von mir geliebten Stadtbücherei. Paula blieb stets die gesamte Kindererziehung überlassen. Da er bis abends um sieben im Büro blieb, schaffte Vater es, zu keinem Elternabend der Schule zu gehen, weder bei mir noch bei meinem Bruder. Als ich sein Haus verlassen und selbst Familie hatte, telefonierte ich meist mit Paula einmal in der Woche. Selten nur hob er einmal den Hörer ab. Geschah es, dann fielen Floskeln wie »Was gibt's zu essen? Habt Ihr gutes Wetter?« Mehr wollte er nicht wissen. Er war 52 Jahre alt, als ich auszog. An Demenz litt er nicht. Mit dem Desinteresse war ich bereits so vertraut, dass ich nur wesentliche Veränderungen in meinem Leben den Eltern mitteilte. Nur, was sich nicht verheimlichen ließ, wurde mitgeteilt. Ohne es bewusst zu wissen, hatte ich damit bereits einen ihrer wesentlichen Verhaltenskodexe übernommen. Als ich mich scheiden lassen wollte, teilte ich es den Eltern an dem Tag mit, als mein damaliger Mann für immer die gemeinsame Wohnung verließ. Für mich stand der Entschluss schon seit Jahren fest. Um aber das gewohnte Geschrei zu verhindern, das bei Veränderungen stets erfolgte, behielt ich schon, wie als Teenager, alles für mich und setzte die Eltern vor vollendete Tatsachen. Wie ich mich fühlte, hätte ohnehin nicht interessiert. Meine Trennung vom Ehemann verhieß Unruhe; im schlimmsten Falle stünde ich mit zwei kleinen Kindern vor ihrer Haustür. Dass ich Vorkehrungen getroffen, mein Studium abgeschlossen und einen Beruf ergriffen hatte, in dem ich gut bezahlt wurde, bemerkten beide in ihrem anfänglichen Schock nicht. Wie stets in Krisensituationen hatte Paula wieder einen ihrer hilfreichen und mutmachenden Kommentare für mich parat: »Dein Vater hat schon immer gesagt, dass dein Ehemann ein Weiberheld ist.«

Sie liebte es, immer für Aufregung zu sorgen. Harmonie schien sie nicht zu mögen. Wenn nicht alles so ablief, wie sie es für richtig hielt, schrieb sie einen ihrer Briefe, voller Unlogik, gespickt mit Vorwürfen und Schuldzuweisungen: »Liebe Daniela, es ist schade, dass du nun wieder den Termin für den

Besuch Deines Vaters verschoben hast. Zweimal hat er vergangenes Jahr Urlaub eingetragen, damit ich nach Frankfurt hätte reisen können; alles ist geplatzt und sein wohlverdienter Urlaub verplant. Er hat sich auf den Besuch bei Euch gefreut und die Rentnerfahrkarte schon ausgefüllt. Nun, wir wünschen Euch eine schöne Zeit und vielleicht kann ich schon frohe Ostern wünschen. Wir freuen uns an anderen Familien, die öfter zusammen sein können. Alles Gute, lebt wohl, Mama.«

Wieder einmal war ich fassungslos: Im vergangenen Jahr sollte Paula kommen, weil ich für eine Woche beruflich verreisen musste. Das Projekt zerschlug sich und wir beschlossen, dass sie zu einem anderen Zeitpunkt, wenn ich nicht zuhause sein könnte, die Kinder betreuen würde. Keine Rede war davon, dass sie überhaupt nicht kommen dürfe. Sie konnte uns jederzeit besuchen; ich hatte aber stets den Eindruck, dass sie häufige Besuche vermied, um ihren Mann nicht alleine lassen zu müssen, der ohnehin kaum nach Frankfurt kam. Wieso also nun dieses Theater? Damals war ich noch bestürzt und traurig über Paulas Brief. Ihre Vorgehensweise, anderen stets Schuldgefühle zu vermitteln, wenn diese eigene Ansichten hatten, durchschaute ich noch nicht. Ich nahm mir ihre Vorwürfe zu Herzen und wandte mich an Michael, unfähig zu erkennen, dass auch er sich nie konkret zu einem Vorgehen seiner Frau äußern würde. Ich schrieb ihm einen Brief: »Lieber Papa, ich weiß nicht, ob Du von Mamas Brief an mich weißt, daher füge ich ihn bei. Mir wäre es sehr recht, wenn bald ein Ende wäre mit Vorwürfen der Art »wer ist schuld an welcher Terminverschiebung«. Solche Vorwürfe könnte ich auch bieten: seit Jahren schon ist den Kindern ein Sommeraufenthalt in Eurem Haus ohne Hund versprochen worden, der bis heute nicht stattgefunden hat. Aber Schluss damit – ich akzeptiere Euer Tun, dasselbe kann ich von Euch verlangen. Was meine Mutter im Brief vorwirft, kann ich so nicht hinnehmen. Schließlich war sie es, die zunächst einen Besuch im Januar ankündigte. Wenn es dann plötzlich heißt, es wird Mitte Februar, und wir dann an dem geänderten Termin nicht können, dann ist das nicht unsere »Schuld«. Du kannst im April oder Mai jederzeit kommen, das weißt Du genau. Aber Schluss damit, das ist ja lächerlich. Wenn Mama nicht mit ihrem Leben zufrieden ist, und diesen Eindruck habe ich, so braucht sie nicht in anderen den Sündenbock zu suchen. Dafür stehe ich nicht zur Verfügung. Als alleinerziehende, berufstätige Frau darf ich von meiner Mutter den Respekt verlangen, den mir andere Menschen auch entgegenbringen. Das musste ich mir jetzt von der Seele schreiben. Ich nehme an, wir hören voneinander, Deine Daniela.« Ich hoffte damals sehr auf eine Antwort Michaels. Sie kam nie. Ich fühlte mich nicht wertgeschätzt und völlig zu Unrecht von Paula angegriffen. Wie stets musste ich alleine mit diesen abwertenden Gefühlen klarkommen. Michaels Automatismus, sich in's Büro und zu Reisen in die weite Welt zu flüchten, um alles, was mit Familie zusammenhing, seiner überforderten Frau zu überlassen, erkannte ich erst Jahre später. Mit dreißig dachte ich, man könne reden, um verletzendes Verhalten abzustellen. Ich wusste nicht, dass die Eltern, wie viele Menschen, das Beibehalten alter, schädigender Verhaltensweisen einer Veränderung vorzogen. Dies führte zu immer mehr Theater wegen Besuchen. Jahre später wollte Kristofer, 17-jährig, seine Großeltern zusammen mit seiner ersten Freundin besuchen. Das käme nicht in Frage, teilte Paula mir mit, zehn Minuten nach Kristofers Anruf an sie. Zusammen dürften die beiden bei ihnen nicht übernachten. Ihre Reaktion erschien mir lächerlich, schließlich hatten die Teenager in Frankfurt genügend Möglichkeiten, alleine zu sein, da alle Elternteile arbeiteten und ihnen zwei Wohnungen tagsüber zur Verfügung standen. Zwei Jahre zuvor, als sich Kristina zu einem Schulaustausch nach Australien verabschieden wollte, gab es eine ebenso nicht nachvollziehbare Reaktion: Ihr teilten die Großeltern mit, dass sie in drei Tagen nach Spanien fahren und deshalb Koffer packen müssten. Sie könne deshalb nicht kommen. Auch damals hatte ich das Verhaltensmuster nicht durchschaut: Selber nahm man sich jegliche unmögliche Verhaltensweise heraus, verhielt sich völlig nach eigenem Gutdünken. Handelten andere so, wie sie es für richtig hielten, wurden sie mit Vorwürfen und Schuldzuweisungen überschüttet.

# Veränderungen

15. Mai 2007 – seit ich mich mit dem Tod auseinandersetze, wächst mein Appetit auf Leben. Seit den Beobachtungen beim Besuch bei den Eltern, dem Erkennen des schlechten Gesundheitszustandes des Vaters, lässt das Thema Sterben mich nicht mehr los. Beim Anblick Michael wurde mir die endliche Zeitspanne, die wir haben, bewusst. Jeden Augenblick meines Lebens genieße ich deshalb intensiver. Unglaublichen Appetit habe ich und könnte ständig essen. Jeder Bissen schmeckt so gut wie nie. Die Eiswaffel heute mit drei Kugeln Eis, Sahne und einer Erdbeersauce hat mir noch nie so gut geschmeckt! Diese Essenslust kenne ich bislang nur von der Pubertät. Ansonsten bin ich Vernunftesser: essen, wenn man Hunger hat. Auch sonst fühle ich mich an die Teenagerzeiten erinnert. Ich habe riesige Lust, sexuelle Lust, wie damals, als ich nicht genug bekommen konnte. Sich umschlingende Körper, das ist Leben, Lebendigsein. Ich bin froh, dass mein Freund nur drei Häuser entfernt wohnt. Überhaupt nehme ich meinen Körper noch bewusster wahr: wichtig war er mir schon immer, stets habe ich die Vergnügungen mit ihm intensiv genossen. Bewegung, Tanzen, Sport liebe ich. Im Studio trainiere ich schon seit zwanzig Jahren. Noch nie empfand ich die LUST an der Bewegung so stark wie jetzt; für mich sind es neue Erfahrungen. Die Schritte der flotten Salsa-Choreographie, das Tanzen in der Gruppe, vermittelt solche Freude, als wenn es für mich völlig neu wäre. So froh bin ich, dass ich nicht zehn Stunden täglich wie früher im Büro sitzen muss. Ich brauche die Bewegung, ich brauche die Bestätigung meines Körpers, dass ich lebe.

Mittwoch, 17. Mai – ein Alptraum: in meinem kleinen Appartment sind zahlreiche Menschen, die alle etwas von mir wollen. Ich habe furchtbare Angst, dass mir etwas weggenommen wird; meine Brust ist eng. Gleichzeitig weiß ich, dass dieser Traum nicht meine Ängste zeigt. Ich kenne die Ängste; als meine Scheidung lief, hatte ich furchtbare Angst, dass mir die Kinder weggenommen werden. Obwohl er ständig unterwegs war, plante mein Ex-Ehemann für die Kinder das Sorgerecht zu beantragen. Der Traum heute nacht spiegelt allerdings nicht meine Ängste. Auch das kenne ich: Ängste geliebter Menschen in meinen Träumen zu erleben als ob es eigene sind. Jetzt weiß ich, wie es ist, wenn man Angst davor hat, dass einem alle Dinge des Lebens genommen werden, die man liebt: die Menschen, das Haus, das Vermögen, den schönen Garten – das sind meines Vaters Ängste. Besitz war ihm wichtig, das Haben, und als sein Haus endlich stand, war das wohl einer der größten Momente in seinem Leben.

25. Mai – Vatertag. Ich weiß, dass er sich aus derartigen Pflichttagen nichts macht und rufe trotzdem an. Eine Karte habe ich schon vorher geschickt. Das Ergebnis der Tomographie liegt vor. »Einen bösartigen Tumor haben die Ärzte gefunden, der sicher nicht operiert werden wird, weil Michael zu schwach ist, »berichtet meine Mutter. Die Eltern haben einen neuen Termin zur Besprechung der Therapie erhalten. Alles geht Schritt für Schritt langsam voran und ist mit zahlreichen Arztterminen verbunden. Der derzeitige Ärztestreik macht es nicht einfacher.

»Scheiß-Vatertag«, meint der Beglückwünschte am Telefon. Mir fällt nichts Besseres ein, ich frage, wie es ihm geht. »Beschissen«, lautet die Antwort. Solche Offenheit bin ich nicht von ihm gewohnt.

Meine Tante ruft an: »Du, dein Vater ist schwer krank.« Sie hält dies tatsächlich für eine Neuigkeit. Ich schlucke, schließlich war sie beim Treffen vor drei Wochen dabei. Sieht sie nicht, was ich sehe? Umständlich erzählt sie mir, dass eine ihrer Bekannten in der Klinik arbeitet, wo mein Vater untersucht wurde und irgendwie Kenntnis von der Krebsdiagnose erhalten hat. »Dabei war er doch so munter und hat das letzte Mal so viel erzählt. Abgenommen hat er, ja, aber im Gesicht ist das nicht so auffallend«, meint sie. »Vom vielen Rauchen kommt das sicher«, ist dann ihre Diagnose. Kann sein, aber auch nicht. Ich weiß, dass Menschen an Lungenkrebs erkranken können, die nie zuvor geraucht haben. Mein Vater hat gerne geraucht und getrunken. Gottseidank. Es ist Sonntag und endlich finde ich ein Cafe, in dem mich laute Klänge von Lucio Dallas fröhlichem »Canzone«-Lied empfangen. Ich kann abschalten von dem Nicht-wahrhaben-wollen der Tante und empfinde Verständnis. Rut wird nächstes Jahr 84.

Abends, kurz vor 23 Uhr, ein Anruf meiner Mutter auf meinem Handy. »Ich konnte es dir nicht sagen, als du angerufen hast; er stand ja die ganze Zeit daneben. Stell Dir vor, ich musste ihn vor der Untersuchung durch den ganzen Park zur Klinik schleppen, er konnte kaum selbständig gehen. Und dann noch die ganze Hauptstraße hoch. Du kannst Dir nicht vorstellen, wie mühsam das war.« Ich kann nicht glauben, was sie erzählt. Sie kann noch gut Auto fahren. Für mich ist es völlig unverständlich, dass die beiden die zehn Kilometer zur nächsten Kreisstadt mit dem Zug gefahren sind. Am Bahnhof dort stehen immer Taxen. Wieso, um Himmels Willen, wenn sie ihm schon die Zugfahrt zumutet, kommt sie auf die Idee, an einem schwülen Tag einen Schwerkranken durch den Park zur Klinik zu schleppen? Ich verkneife mir jede diesbezügliche Frage. Nur zu oft habe ich meine Mutter in Stresssituationen erlebt. Fühlt sie sich unter Druck, dann attackiert sie sofort ihre Umwelt und selbst mit besten Absichten darf man sich hinterher so fühlen, als hätte man einen Kübel Abfall über den Kopf gekippt bekommen. Wenn Paula selbständig etwas organisieren soll, ist sie überfordert. Die gesamte Verwandtschaft weiß davon und ihre Geschwister, ihr Ehemann und ihre Kinder, selbst die Enkelkinder, behandeln sie deshalb, seit ich denken kann, wie ein rohes Ei. Bloß nie einen Disput mit ihr führen, keine Vorwürfe, ja, nicht einmal einen Vorschlag machen. Man kann sicher sein, dass sie genau das Entgegengesetzte für richtig hält, und es auch macht. Obwohl sie immer sofort in Situationen um Hilfe ruft, die ein Erwachsener alleine regelt, weiß sie alles besser, stellt sich völlig taub für gutgemeinte Ratschläge. Sie will nur jemanden an ihrer Seite haben, der sehen soll, wie schwierig gerade ihr Leben ist. Wirkliche Hilfe lehnt sie ab, reagiert sogar aggressiv darauf: »Du, du hast es doch sowieso besser. Du und Rut, ihr habt doch keinen alten Mann zuhause«, musste ich mehr als einmal anhören, als ich sie ermuntern wollte, öfter aus dem Haus zu gehen. Rut, ihre Schwester, war nie verheiratet, hat aber ihren Vater bis zum Tode jedes Wochenende betreut und ihn in der letzten Zeit der Krankheit gepflegt. Rut war fünfundvierzig Jahre berufstätig. Nach Paulas Ansicht führte Rut ein völlig freies Leben und musste auf niemanden Rücksicht nehmen. Weil ich Angst vor Paulas plötzlichen Attacken habe, unterlasse ich es, meine Hilfe anzubieten und zu ihr zu fahren. Meine letzte Übernachtung im Haus der Eltern liegt zehn Jahre zurück und endete, wie die meisten Besuche, für mich mit einer mehrtägigen Migräneattacke. Würde ich jetzt hinfahren, lägen Mutter und ich uns wieder nach spätestens zwei Tagen in den Haaren. Und der Schlichter – mein Vater – wäre dieses Mal zu krank zum Eingreifen. Natürlich habe ich ein schlechtes Gewissen, aber keinem von uns, am wenigsten dem Kranken, nutzt es, wenn er Menschen um sich hat, die nicht miteinander friedlich und freundlich umgehen können. Seit meiner Kinderzeit haben Paula und ich das nicht mehr geschafft.

Freitag, 26. Mai

Schon lange wollte ich mir eine neue Querflöte kaufen, bisher hat mich der Neupreis von gut tausend Euro abgeschreckt. Zufällig entdecke ich heute in der Auslage eines Musikgeschäftes eine gebrauchte Flöte für die Hälfte. Ich habe zugegriffen, solche Sehnsucht hatte ich, wieder zu spielen, die Finger schnell laufen zu lassen. Als Teenager hatte ich sechs Jahre Unterricht, nahm an Wettbewerben teil und hatte eigene Schüler. Trotz mehrjähriger Spielpause habe ich nichts verlernt. Ich freue mich so über die neue Flöte. Meine alte hatte ich vor ein paar Jahren verkauft, weil mir der schwere Klang nicht mehr gefiel. Bisher hatte ich es nicht geschafft, mir eine neue zu gönnen. In diesen Tagen habe ich keine Lust mehr, Sachen hinauszuzögern, die mir Freude bereiten. »Die hat auf sie gewartet«, meint die Verkäuferin, als sie mein glückliches Gesicht sieht, als ich die Flöte im Geschäft ausprobiere.

Nachmittags beim Spiel: Die Flöte tröstet mich. Wenn ich spiele, drehe ich die Zeit zurück. Ich bin siebzehn, die Welt liegt vor mir, Vater ist gesund. Alles ist gut.

*Juni 1974: In Jeans, gelbem T-Shirt und Locken-Wuschelkopf, Hände in den Taschen, stehe ich neben Vater im Garten seines Hauses. Die kleinen Apfelbäumchen tragen schon Früchte, der vor kurzem gekaufte Foxterrier sitzt auf dem Rasen und sieht aus wie ein Steiff-Tier – ist aber echt! Seit drei Jahren ist Vaters Traum in Erfüllung gegangen: das eigene Haus, 200 qm, voll unterkellert, leicht am Hang liegend, von einem großen Garten umgeben. Sein ganzer Stolz. Zufrieden lächelnd schaut er in die Kamera. Wir stehen direkt nebeneinander wie zwei Fremde. Für ihn ist das Leben schön: Sohn gezeugt, Haus gebaut. Jetzt ist auch im Beruf alles wieder bestens: kurz nach dem Hausbau gab es einen Riesenschock für die Familie. Vaters Arbeitgeber ging in Konkurs. Nach einem Jahr hatte er wieder eine Anstellung gefunden. Wieder hat alles seine Ordnung.*

Dienstag, 6. Juni 2006 – manchmal vergehen Stunden, ohne dass ich an sein Sterben denke und völlig abgelenkt bin. So wie heute, als Handwerker kommen, um einen Sicherungsbügel an meiner Wohnungstür zu installieren. Derzeit habe ich ein verstärktes Sicherheitsbedürfnis. Ein Nachbar hat vor kurzem versehentlich seinen Schlüssel bei mir ins Schloss gesteckt, die Appartments liegen hier sehr dicht aneinander. Den Schreck will ich nie wieder erleben. Das zweite Schloss ist für jedermann von außen gut sichtbar. Die Handwerker brauchen lange zum Befestigen, da das Mauerwerk sehr schlecht ist. Währenddessen putze ich die Küche und hab plötzlich ein Gefühl großer Zufriedenheit. Für mich fühlt es sich gut an, dass plötzlich eine elementare Situation eingetreten ist, bei der es um Leben und Tod geht. Vater und Mutter – beide müssen kämpfen und haben weniger Kraft für Nörgeleien, spitze Bemerkungen über andere Menschen, die besonders gerne anfielen, wenn ich zu Besuch kam. Oft bin ich morgens wach geworden und hatte böse, giftige Bemerkungen über mich noch im Kopf – von meinen Träumen: »Wieso heiratet sie nicht einen Professor? Da wäre sie doch versorgt«, höre ich Paula in einem Traum während der Zeit, als ich geschieden wurde.

»Wieso brauchen die (meine Kinder und ich) so ein Auto? Wir fahren doch auch keinen Mercedes«, höre ich, als ich noch gut verdiene und meiner Familie vieles bieten kann.

»Dafür ist kein Geld da, dass man die Kinder zur Hochzeit des Bruders ordentlich anzieht«, meint Paula in meinen Träumen, als wir in Realität zu Mischas erster Hochzeit fahren und mein damals dreizehnjähriger Sohn unbedingt seine Jeans tragen will.

*8. Juli 1998 – Michaels 70. Geburtstag. Vater, Mutter, mein Bruder und ich sitzen am runden Wohnzimmertisch, vor uns eine Flasche Champagner. Lächelnd schauen wir in die Kamera. Kurz nach dem Foto reise ich überstürzt nach Hause, tief getroffen von einer Bemerkung meines Vaters: »Schau mal, das schenkt mir* dein Bruder«, triumphierend schaut er zu mir und hebt dabei die Champagnerflasche hoch. »Ich muss ihm einiges wert sein.« Spielt er darauf an, dass er von mir einen Zusammenschnitt mexikanischer Musik auf Cassetten bekommen hat, die er gerne hört, die aber keinen großen Geldwert hat? Ich bin arbeitslos und habe derzeit nicht mehr so viel wie früher für mich und die Kinder. »Meine Fahrkarte hierher hat schon 150 DM gekostet«, habe ich das Gefühl, erwidern zu müssen. »Das ist doch selbstverständlich«, lautet seine Antwort.

Völlig entnervt bin ich damals aufgebrochen, wütend auf mich, weil ich immer noch empfindlich bin bezüglich der Bevorzugung des Bruders durch die Eltern. Sehnsucht nach meinen Kindern erfasst mich, die ich bei Freunden gelassen hatte, um mich ganz den Eltern widmen zu können. Jetzt bin ich 38 Jahre alt und auf meinen Gefühlen lasse ich immer noch herumtrampeln – mit diesem Eindruck fahre ich nach Hause. Ich freue mich so darauf, meine Kinder wieder in die Arme schließen zu können. Nach diesem Vorkommnis, das mich noch Tage danach beschäftigt, lasse ich einige Jahre verstreichen bis zum nächsten Besuch. Am meisten ärgere ich mich über mich selbst, dass mich, inzwischen fast vierzigjährig, die Sticheleien des Vaters immer noch so treffen können. Gleichzeitig ist die große Enttäuschung da, dass meine Besuche, obwohl ich sie immer organisieren muss und mit zwei Kindern nicht einfach so losfahren kann, als völlig selbstverständlich angesehen werden. In den Augen der Eltern bin ich immer noch das kleine Kind, das nur mal um die Ecke gehen muss, wenn man es gerade braucht. Dass die Ecke 800 Kilometer Entfernung hin und zurück sind, und ich eine Familie zu managen habe, wird nicht berücksichtigt. Wieso auch? Niemand hat mich dazu gezwungen, von ihnen wegzuziehen und ein eigenes Leben zu führen. Als Tochter bleibt man in der Nähe und erscheint auf

Knopfdruck bzw. auf das Klingeln des Telefons hin. Dafür hat man das anstrengende Gör doch aufgezogen und so gehört sich das!

Mittwoch, 7. Juni: »Ich musste ihn ins Krankenhaus bringen. Ruf mich bitte so schnell wie möglich an.« Ein Anruf meiner Mutter. Ein Hustenanfall wollte nicht mehr aufhören, sie stellte fest, dass er fröstelte und Fieber bekam, tat das einzig Richtige, holte morgens um drei den Notarzt und ließ ihn in die Klinik bringen. Der Tumor sei nach neuesten Untersuchungen isoliert, man könne ihn also doch operieren, und die Ärzte wollen es wagen. Ich hüte mich, Zweifel auszusprechen, ob diese Maßnahme angesichts seines erkennbar schlechten Allgemeinzustandes lebensverlängernd sein wird. Mein Sohn ruft an. Meine Tante hat ihm am Telefon gesagt, mit seinem Großvater gehe es dem Ende zu. Ob das stimmt, will er wissen. Ich bin überrascht, dass die Tante jetzt scheinbar doch den Ernst der Lage erkannt hat. Kristofer kann sich auch nicht erklären, wieso jetzt plötzlich so schnell operiert werden kann und hat darüber mit seiner Freundin Jana, einer angehenden Ärztin gesprochen: »Jana meint, es könnte eine Palliativ-OP sein, die man zur Schmerzlinderung macht, damit der Patient vor dem Tod noch ein wenig Zeit mit seinen Angehörigen verbringen kann.« Ich bin Realist, mir erscheint Janas Ferndiagnose sehr wahrscheinlich.

Übermorgen treffen wir uns am Wohnort meiner Eltern; mein Onkel wird 80 Jahre alt und hat 35 Freunde und Verwandte zu einer Feier geladen. Alles war geplant, noch bevor Vaters Befinden sich so dramatisch verschlechterte. Meine Mutter hat ihrem Bruder bereits mitgeteilt, dass sie nicht kommen wird: »Ich kann nicht feiern, ich fahre in die Klinik.« Jetzt habe ich wieder den Schwarzen Peter, sieht es doch so aus, dass ich ungebremste Lust zu feiern hätte, während mein Vater todkrank im Krankenhaus liegt. Mein Bruder wird bei der Geburtstagsfeier

nicht anwesend sein, hat allerdings auch zu feiern, natürlich geschäftlich: zur Eröffnung der FIFA-Weltmeisterschaft trifft er
sich mit anderen Direktoren seines Arbeitgebers in München.
Philipp und ich fahren also morgen in meine Heimatstadt.
Kristofer und seine Freundin werden auch kommen, sie reisen
von ihrem Studienort an, deshalb weiß ich noch weniger, was
ich tun soll. Jana hat meinen Vater noch nie gesehen, ihm war
es zeitlebens nie angenehm, wenn ihn andere am Krankenbett
aufgesucht haben. Sollen wir jetzt zu viert in der Klinik auftauchen? Da wir alle mit dem Zug kommen, ist es nicht einfach
dorthin zu gelangen – die Klinik ist in der Kreisstadt. Paula
hätte uns mitnehmen können, aber sie zog es ja vor, beim Fest
gar nicht zu erscheinen. Eigentlich hatten wir geplant, kurz
während unseres fünfstündigen Aufenthaltes bei den Eltern
vorbeizuschauen, aber durch Vaters Einlieferung in die Klinik
sieht jetzt alles ganz anders aus. Ich weiß überhaupt nicht, was
ich machen soll. Schuldgefühle tauchen auf. Ist es richtig, wenn
wir zum Geburtstag fahren? Mein Onkel freut sich schon seit
Wochen. Für Philipp und mich bedeutet es, Kristofer sehen zu
können, der erst vor kurzem von seinem USA-Studienaufent-
halt zurückgekommen ist, und den wir jetzt nach über einem
Jahr wieder treffen. Ich entscheide mich für meinen Sohn. Wir
fahren. Philipp und ich haben eine Fahrkarte mit Zugbindung,
das heißt, wir müssen am selben Tag zurückfahren. Zu einem
Besuch in der Klinik wird es wahrscheinlich nicht kommen.
Länger bleiben kann ich nicht. Für die kommenden Wochen
habe ich eine Urlaubsvertretung angenommen; ich kann mir
den Verdienstausfall bei meiner ungesicherten finanziellen Situation nicht leisten. Ich weiß genau, dass es ohnehin egal ist,
wie ich mich entscheiden werde. Selbst wenn wir alle einen Besuch bei dem Kranken machen würden, wäre alles falsch, denn
was Paula jetzt erwartet, ist der Kämpfer an ihrer Seite, den
ich stets bereitwillig in der Kindheit gegeben habe. Jetzt kann

ich aber nicht mehr kämpfen und bin ebenfalls überfordert. Bei den vielen Beteiligten ist es schwierig zu entscheiden, was richtig ist. Wahrscheinlich gibt es kein »richtig«. Philipp und ich entschließen uns für die Teilnahme am Geburtstag des Onkels. Unser Herz möchte Kristofer sehen. Ich gehe früh zu Bett. Draußen sind 25 Grad. Ich mache mir eine Wärmflasche.

Donnerstag, 8. Juni – drei Schreibaufträge sind plötzlich wieder abgesagt worden – für mich als freiberufliche Journalistin eine Katastrophe; ich brauche jeden Cent. Jammern über die desolate wirtschaftliche Situation bei mir und im allgemeinen hilft aber nichts, durfte ich in der Vergangenheit feststellen. Um meine üble Laune in den Griff zu bekommen, gehe ich ins Fitnessstudio. Rücken- und Bauchtraining. Die Stunde ist schlecht besucht, das Mikrofon der Trainerin fällt mehrfach aus, sie ist nervös, eine seltsame Atmosphäre breitet sich aus, irreal. Vielleicht liegt es an mir, gedanklich reise ich mal wieder mit dem Vater mit. Ich sterbe auch: äußerliche Vorgänge wirken plötzlich lächerlich. Immer wieder habe ich das Gefühl, mich selbst bei meinen seltsamen sportlichen Verrenkungen von oben zu sehen. Aufregen kann ich mich auch nicht mehr. Nicht mal über den Brief unseres ehemaligen Vermieters, den ich nach dem Heimkommen im Briefkasten finde. Gegen meine Tochter will er zwangsvollstrecken, wegen der Prozesskosten aus der Kautionsforderung, die ich für Kristina einklagte. Sie war als Letzte die Mieterin unserer gemeinsam bewohnten Wohnung und ist gerichtlich verdonnert worden, die Prozesskosten an den Vermieter zu zahlen. Der kann keine Anschrift in Frankfurt finden – klar, sie ist ja auch in Australien – und meint, er könne dann bei mir eintreiben. Der angedrohte Vollstreckungsärger lässt mich völlig kalt. Bei mir ist nichts zu holen; der Gerichtsvollzieher kann gerne kommen und meinen kaputten Fernseher und die defekte Stereoanlage mitnehmen. Einen schwarzen hässlichen Teppich habe ich auch noch, den ich gerne loswerden würde – und einen alten Pelzwintermantel. Die Androhung der Vollstreckung lässt mich jedenfalls kalt. Was ist das gegen Sterbenmüssen?

Samstag, 10 Juni, der 80. Geburtstag meines Onkels. Glücklich treffen Philipp und ich auf meinen Sohn und dessen Freundin Jana. Wir haben beide so lange nicht gesehen. Sie sind extra aus Köln zum Geburtstag des Onkels angereist. Ebenfalls wie wir saßen sie fast vier Stunden im Zug und haben, so wie wir, auch fast ihren Anschlusszug verpasst, weil der erste Verspätung hatte. Wir sind alle froh, da zu sein. Der Onkel sieht sehr erschöpft aus, es ist ihm anzumerken, dass ihn die eigene Feier jetzt schon, gegen Mittag, Nerven kostet. Kein Wunder: um halb neun Uhr morgens ließ er eine Messe lesen, um elf Uhr kam der Bürgermeister samt Vorstand des Gesangvereins, um zu gratulieren. In der Kleinstadt ist das üblich, dort gibt es nicht so viele Achtzigjährige. Dann der »Sektumtrunk«, wie er es auf seiner Einladung nannte und Mittagessen um zwölf Uhr – viel Programm für einen älteren Herrn, der ansonsten morgens alles Zeit der Welt für sein Frühstück hat und dann gemütlich zum Marktplatz spaziert, um einzukaufen und mit Bekannten ein Schwätzchen zu halten. Auf seinen Mittagsschlaf muss er heute auch verzichten. Kaum jemand verlässt die Feier, bevor es gegen vier noch Kaffee gibt. Vom zweimal nachgereichten Kuchen bleibt kein Krümel übrig. Hier sitzen keine armen Rentner, die sich freuen, wenn sie einmal kostenlos bewirtet werden, aber offensichtlich finden im Alter der Anwesenden nicht mehr so oft Geburtstage statt. Nur so lässt sich erklären, dass eifrig für zu Hause eingepackt wird. Im Schwabenland gönnt man sich selbst ohne Anlass keinen leckeren Kuchen. Wer weiß, wann es die nächste Feier gibt?

Ich muss Fragen nach dem Gesundheitszustand meines Vaters beantworten, dabei weiß ich selbst nichts Genaues. Das Wichtigste ist mir klar, dafür brauche ich keine Ärzte: Er wird bald sterben. Gleichzeitig weiß ich auch, dass ich mich wieder einmal für meine Art des Abschieds entscheiden werde: all die Toten in meinem Leben habe ich bisher immer geistig begleitet, was dazu geführt hat, dass mir ihr Gehen immer viel eher bewusst war als meiner Umwelt. Ich wusste es immer. So wie jetzt. Die anderen verstehen dann nicht, wieso ich nicht an ihrer Trauer teilhaben kann. Das ist wiederum für mich unverständlich. Wieso sollte ich weinen? Da hat sich jemand entschlossen, eine Erfahrung auf einer anderen Ebene zu machen. Ich war schon immer sehr freiheitsliebend und habe Situationen verlassen, wenn ich für mich keine andere, freiere Lebensform fand. Dieses Recht gestehe ich jedem Menschen zu. Ich weiß, dass meine Einstellung zum Sterben anderen schwer vermittelbar, wenn nicht völlig unverständlich für sie ist. Ich bin ehrlich: für mich gab es noch nie einen Grund, Tote zu beklagen, dabei habe ich einige Freunde im sogenannten »blühenden« Alter, mit zwanzig, dreißig Jahren verloren. Die (Über)Lebenden sind zu betrauern, denn sie müssen mit der Entscheidung ihrer Liebsten leben und sie akzeptieren. Das ist oft unendlich schwer und tut weh. Ich spüre die Angst der anwesenden Geburtstagsgäste vor dem Sterben und kann sie verstehen. Die meisten sind über siebzig Jahre alt und haben Kriegstraumata hinter sich. Da hat man Schwierigkeiten mit dem Loslassen. Zusammen mit dem 28-jährigen Sohn und seiner Freundin machen wir einen kurzen Spaziergang durch meine Vaterstadt – eigenartig klingt das, aber man nennt es heute noch so. Mir wird bewusst, dass ich meinem Sohn zum allererstenmal das Städtchen zeige, in dem ich aufgewachsen bin. Wir waren zwar oft zusammen hier, die Aufenthalte waren jedoch entweder kurz oder geprägt von einer Hektik, die ein Spazierengehen ausschloss. Stets war ich froh, wenn ich mit den Kindern wieder zurück in unserer Heimat Frankfurt war. Zu spannungsgeladen waren die Besuche im Elternhaus, als dass wir sie genießen konnten. Unausgesprochene Gefühle waberten durch das Haus. Entspannt oder gar glücklich fuhren wir von dort nie zurück. »Mag der Opa uns eigentlich?«, fragte mich Kristina nach dem einzigen Weihnachtsfest, das wir nach meiner Scheidung bei den Eltern verbracht hatten. »Bestimmt«, antwortete ich.

Zurück vom Spaziergang und wieder angelangt bei der Geburtstagsgesellschaft, setzt sich meine Tante zu uns. Ein wenig erhitzt vom Rotwein, weiß sie genau, was wir zu tun haben: »Du, ihr müsst deinen Vater besuchen. Ich fahre euch zwei – damit meint sie meinen Freund und mich – in die Klinik und Kristofer kann ja morgen hin, er übernachtet ja bei mir.« Ich weigere mich, unangemeldet in die Klinik zu fahren. Ich kenne meinen Vater und bin mir völlig sicher, dass er keinen Wert darauf legt, hilflos im Klinikbett liegend, Besuch zu erhalten. Paula wäre vielleicht durch einen Besuch kurzfristig zufriedenzustellen, der eigentlich Betroffene hat jedoch überhaupt nichts davon. Michael habe ich vor drei Wochen gesehen. Teilweise hatten wir jahrelang keinen Kontakt. An der plötzlich auftretenden allgemeinen Hektik kann ich nicht teilnehmen. Tief innen bin ich mir sicher, dass ich unter schöneren Umständen noch einmal Abschied von meinem Vater nehmen kann, wenn es so sein soll. Denn eigentlich habe ich mich ganz bewusst von ihm schon am 1. Mai verabschiedet, auch wenn der äußere Michael das gar nicht bemerkt hat. Die Tante lässt schnell wieder von ihrem Vorschlag ab; sie bemerkt wohl, dass es für sie sicher besser ist, im Moment nicht ihr Auto zu benutzen. Ich verstehe, warum sie uns unbedingt zur Klinik fahren wollte: Rut war stets um Harmonie in der gesamten Familie bemüht, und sicher hat Paula sich darüber beschwert, dass ich nicht sofort bei der Feststellung der Diagnose angereist bin. Früher habe ich Mutters Wünschen stets entsprochen. Beim Tode ihres Vaters kam ich in der Juli-Hitze mit zwei Babys angefahren, um ihr beizustehen. Eine aufgelöste Paula fand ich nicht vor. Vor der Beerdigung ihres Vaters fuhren wir zur Hutmacherin und suchten uns zwei nette Hütchen mit Schleier aus. Dieses Mal muss Paula selbstständig klar kommen. Sie ist die Ehefrau und Gefährtin, nicht ich. Als tapferer kleiner, zuverlässiger Soldat an ihrer Seite, wie in den Kindertagen, wenn Michael zu einer Reise aufbrach, kann ich nicht mehr zur Verfügung stehen. Ich habe es aufgegeben, ihr die Mutter ersetzen zu wollen. Wir fahren zurück ohne einen Besuch im Krankenhaus gemacht zu haben. Obwohl ich spüre, dass Paula vor dem Geburtstag ihres Bruders einigen Anwesenden ihre immerwährende Enttäuschung über jegliches Verhalten ihrer Tochter mitgeteilt hat, fahre ich ohne schlechtes Gewissen. Auch strafende, harte Blicke ihrer Kusine während des Festes, als ich lache, erreichen ihr Ziel nicht. Ich werde mich nicht mehr wie früher bemühen, es meiner Mutter recht zu machen. Michaels Sterben ist auch mein Abschied– und da entscheide ich über die Gestaltung. Dafür trage ich auch die Verantwortung vor mir selbst. Ich bin kein Kind mehr. Während der Rückfahrt im Zug nehme ich mir vor, künftig über alle Ereignisse der Vergangenheit wieder großzügig hinwegzusehen. Als junge Frau habe ich das doch auch geschafft, wieso klappt das jetzt nicht mehr? Erinnerungen tauchen auf: Ich war allein, als ich geschieden wurde, ich wurde nicht getröstet, als ich nach Dauer-Mobbing meinen gutbezahlten Job verlor. Meinen Sohn besuchte ich allein im Krankenhaus nach seinen zahlreichen Unfällen, die sein Erwachsenwerden begleiteten. Mir wäre es nicht in den Sinn gekommen, bei Krisensituationen im Leben nach Mama und Papa zu rufen. Wie hätten sie mir helfen können? Seelischen Beistand kannte ich nie. Wenn was schief lief, gab es Vorwürfe, also versuchte ich lieber, alles alleine zu meistern. Selbst als ich mit einer lebensgefährlichen Infektion während der Schwangerschaft in der Klinik lag, und der Verlust des Babys drohte, wäre ich nicht auf den Gedanken gekommen, dass die Eltern kommen würden. Hans, Vater meiner Kinder, war völlig entsetzt, als damals die Eltern telefonisch »gute Besserung« bekundeten und einen Besuch nicht mal in Erwägung zogen. Ich regte mich nicht auf. Ein anderes Verhalten war ich nicht gewohnt. Krisen in ihrem eigenen Leben waren stets Katastrophen, im Leben der anderen dagegen Kleinigkeiten.

Die Fifa – WM hat angefangen. In Frankfurt gehen wir zu Fuß nachhause. Die Straßenbahnen fahren kurzzeitig wegen der Menschenmassen nicht, die um halb elf nachts auf den Straßen unterwegs sind und vom Public Viewing zurückströmen. Deutschland hat das Eröffnungsspiel gewonnen. Seltsam, wir kommen von einem Geburtstag, dabei habe ich das Gefühl, wir hätten eine Beerdigung hinter uns gebracht.

Mittwoch, 14. Juni – Mein Sohn kommt für vier Tage zu Besuch. Er ist furchtbar erkältet, hustet entsetzlich und ist schlecht gelaunt. Mit seiner Freundin ist er schon seit einigen Wochen im Beziehungsstress. Er studiert in Amerika, deshalb lebten die beiden im vergangenen Jahr überwiegend getrennt. Sie hat jetzt genug davon, obwohl es nur noch ein Vierteljahr dauert, bis Kristofer wieder endgültig nach Deutschland zurückkommt. Beim Geburtstag des Onkels haben sie ihre Krise jedenfalls perfekt überspielt. Kristofer übernachtet bei einem Freund. Ich versuche nicht, ihn davon abzubringen: mein Appartment misst 18,23 qm. Einmal haben wir es dort zusammen eine Woche ausgehalten!

17. Juni: Kristofers schlechte Laune ist ansteckend. Ich schlage den Besuch eines Schlagzeugkonzertes vor. Percussion ist reinigend fürs Gemüt und sorgt bei mir sofort für Stimmungsaufhellung. Auch Kristofer gefällt es; er bleibt bis zum Ende des Konzertes im Saal – bei ihm keine Selbstverständlichkeit. Am nächsten Tag erleben wir ebenfalls einen entspannten Abend,

dieses Mal mit herrlichem Fußball ›made in Ghana‹. Selbst ich genieße es: der Torwart ähnelt Philipp – nur in Schwarz. Neben dem Fußball schaffen wir es, die gesamte Familiengeschichte durchzuackern: »Ich bin froh, dass ich mit meinem Vater wieder reden kann«, meint Kristofer. »Nach dem Abitur sah es ja nicht so aus, damals war er mit meinem Studium überhaupt nicht einverstanden. Ich hab' ihn schon vermisst als Kind, deshalb genieße ich unseren Kontakt jetzt wieder sehr. Er ruft sogar von sich aus bei mir an.« Bei Eltern sollte das eine Selbstverständlichkeit sein. Da ich aber dieselbe Freude empfand bei den fünf Anlässen, als mein Vater zum Telefonhörer griff und mich anrief, kann ich Kristofers Gefühl nachvollziehen. Ich freue mich mit ihm. In all den Jahren ist mir klar geworden, dass ich nicht nur mir sondern auch den Kindern in meinem jugendlichen Überschwang, dem Gefühl »ich-schaff-das-schon« zu viel aufgebürdet habe: Scheidung nach zehn Jahren Ehe von ihrem Vater, damals war ich 30 Jahre alt, die Kinder neun und sieben. Ich sah keine Möglichkeit, die Ehe aufrechtzuerhalten. Wären wir zusammengeblieben, dann hätten die Kinder eine völlig frustrierte, kranke Mutter aufheitern müssen – mich! Ich spürte, dass es mir nicht guttat, während der Woche völlig alleinverantwortlich für die Kinder zu sein und am Wochenende zusätzlich einen völlig erschöpften Geschäftsmann zu empfangen und dafür zu sorgen, dass er Montag erneut zu seinen anstrengenden Schulungen aufbrechen konnte, die ihn durch ganz Deutschland führten. Hans war weder in der Lage, seine inneren Bedürfnisse wahrzunehmen noch die seiner Familie. Seine ständige Abwesenheit während der Woche brachte eine unüberbrückbare Entfremdung in unsere Beziehung. Er wollte daran nichts ändern. Ihm gefiel sein Job mit allem, was dazugehörte: das Unterwegssein, die Hotelübernachtungen, die Bewunderung der Seminarteilnehmer. Wir führten zwei völlig verschiedene Leben; die Wochenenden reichten nicht aus, uns anzunähern. So würde es bleiben, bis die Kinder erwachsen waren. Wie vielen Vätern war es auch Hans ganz recht, dem häuslichen Chaos mit zwei kleinen Kindern entfliehen zu können. Jeder war auf seiner Insel. Mit Hans fühlte ich mich immer mehr wie in meiner Herkunftsfamilie. Immer öfter war ich in dieser Beziehung krank und deprimiert, zunehmend fühlte ich mich an Paulas Situation erinnert. Abgesehen von meinem Studium, das ich nicht aufgegeben hatte, führte ich das Leben meiner Mutter. Ich war völlig allein verantwortlich für die Kinder, hatte jeden Tag denselben Alltag während der Ehemann geschäftlich unterwegs war. Am Freitagabend tauchte er auf und wünschte seine Ruhe und den selbstgebackenen Kuchen zum Wochenende. Kam er nach Hause, sollte sich auch hier die Welt um ihn drehen. Den Alltag mit Kindern kannte er nicht und wollte ihn auch gar nicht kennen. Der Sonntagsausflug mit den herausgeputzten Kleinen und der Ehefrau war anstrengend genug. Ich gewann den Eindruck, dass Hans erst am Montagmorgen auflebte, wenn er wieder zu seinen Seminaren aufbrach. Irgendwann hieß es, der Verkehr auf der Autobahn sei am Montag unerträglich; Grund für ihn, bereits am Sonntagabend aufzubrechen. Ich fühlte mich immer einsamer und spürte, dass unser gesamtes Familienleben für ihn die Wochenendshow war, eine Farce, der es am Sonntagabend möglichst schnell zu entfliehen galt. Briefe kamen eines Tages nach Hause, die er wohl lieber im Büro gelesen hätte. Schwarz auf weiß hatte ich die Bestätigung in Händen für meine seit langem vorherrschende Ahnung, die ich, wie alle Frauen, stets beiseite schob, weil ich selbstherrlich dachte: Mir passiert sowas nicht. Ich konnte nicht mehr und reichte die Scheidung ein. Danach ging alles schnell, obwohl der Ehemann oder besser Ex-Ehemann, wie die Mehrzahl der Antragsgegner, mit allen erdenklichen Mitteln versuchte, das Verfahren zu torpedieren: dem Gericht reichten die vorliegenden Beweise für das Zerrüttetsein der Ehe aus. Ich war geschieden. Frei, konnte wieder atmen, fühlte mich nicht mehr als alte, sitzengelassene Frau. Im Scheidungsjahr und dem Jahr darauf bot ich den Kindern Unterhaltung wie nie zuvor. In keinem Jahr haben wir so viele Feste gefeiert, nie waren wir so oft im Kino und bei Ausflügen. Den Verlust des Vaters wollte ich ihnen damit leichter machen. Ich dachte an meine Kinderzeit. Mir hatte es immer geholfen, wenn bei meines Vaters Abwesenheit die Tante auftauchte und am Wochenende mit meiner Mutter und mir ins Grüne fuhr. Durch Ablenkung wollte ich den Kindern den Vater-Verlust erträglicher machen. Keinesfalls sollten wir in eine kollektive Depression fallen wie ich damals mit meiner Mutter. Mein großes Vorhaben ist mir sicher nicht ganz gelungen: den Verlust eines Menschen durch Unternehmungen zu kompensieren, obwohl ich vollen Einsatz gegeben hatte, um meine Entscheidung für die Kinder erträglicher zu machen. Für sie war es ein großer Schmerz, den Vater zu verlieren, die wichtigste männliche Bezugsperson in ihrem Leben. Der zweitwichtigste Mann wollte leider wenig von den Enkeln wissen. Für ihn waren es die Kinder eines Mannes, den er stets abgelehnt hatte. Das ließ er mich und die beiden bei jedem Besuch überdeutlich spüren. Jedes Mal fuhr ich völlig erschöpft von meinen Eltern zurück.

*Weihnachten 1989 – das erste Weihnachten nach der Trennung von meinem Mann. Wir sind bei meinen Eltern. Eingewickelt in eine riesige Wolldecke steht Kristofer fröstelnd neben den Großeltern, seiner Schwester und mir vor dem Weihnachtsbaum im Wintergarten. Wir haben die Münder geöffnet, singen ein Weihnachtslied. Am Vormittag war ich mit dem Achtjährigen beim ärztlichen Notdienst der Kleinstadt, zu sehr hustete er in der Nacht. Ihm ging es nicht gut. Die Ärzte diagnostizierten eine fiebrige Bronchitis. Als wir zurückkamen, nahm Paula Kristofer besorgt in den*

*Arm. Michael, der Großvater, fragte kein einziges Mal, wie es dem Enkel geht. Wieder einmal habe ich den Eindruck, störendes Individuum zu sein, das auch noch kranke Elemente mitbringt. »Wieso sind die nicht zuhause geblieben, wenn sie krank sind? Auf Kranke können wir verzichten« – diese Gedanken liegen in der Luft. Ich kann sie hören. Meine Mutter versucht eifrig mit Plätzchenbacken und Essen vorbereiten für weihnachtliche Stimmung zu sorgen. Es gelingt ihr nicht. Betrachte ich heute das Foto von 1989, habe ich das Gefühl, dass Kristofer nicht nur wegen seiner Krankheit fröstelt. Fröhliche Weihnacht!*

23. Juni – Regelmäßig, nicht nur während dieser besonderen Tage mit den schnellen Stimmungswechseln, praktiziere ich Yoga. Heute, bei der Endentspannung, sehe ich mein Leben in der Rückschau als schnelle Abfolge einzelner Ereignisse, die urplötzlich wieder verschwinden, eine ungeheure Empfindung von Dankbarkeit umfasst mich für all die ungeheuren Emotionen, die ich erfahren durfte und ob ihrer Intensität oft verwünscht habe. Dankbarkeit für die Fähigkeit, mit Menschen sehr leicht kommunizieren zu können, weil ich auf der unbewussten Ebene sehr viel wahrnehme und mich deshalb sehr schnell einschwingen kann. Die geistige Verbindung zum Vater taucht auf, das Gefühl, Abschied zu nehmen. Mir wird klar, dass wir uns auf der materiellen Ebene in diesem Leben oft getroffen und Schwierigkeiten miteinander hatten, dass aber unsere Seelen eine ganz andere Kommunikation geführt haben. Liebe.

Paula ruft an und teilt mit, dass Michael in einer plötzlich angesetzten Operation der linke Lungenflügel entfernt wurde. Fünf Bluttransfusionen wurden gemacht. Sie dürfte ihn erst am Sonntag wieder besuchen. Noch ist nicht klar, ob er die Nachfolgen der OP überstehen wird, da er sehr, sehr schwach ist. Nach Meinung der Ärzte musste geschnitten werden, da der Krebs sich bereits völlig in die Lunge hineingefressen hatte. Metastasen habe man nicht gefunden, habe man ihr gesagt. – Ich glaube den Ärzten kein Wort. Doch, dass sie eine Palliativ-OP durchgeführt haben, daran habe ich keinen Zweifel, eine Operation, bei der ein großes Stück oder, falls möglich, der gesamte Tumor entfernt wird, um dem Patienten noch ein wenig Lebenszeit zu schenken. Aber dass ein so riesiger, aggressiver Tumor nicht gestreut haben soll, keine Metastasen bildet, das kann mir niemand erzählen. Die schnelle Operation bestätigt meine eigene »Erstdiagnose« vom 1. Mai. Michael ist sterbenskrank. Jetzt wird er medizinisch therapiert. Am Ablauf wird das gar nichts ändern. Das ist alles nur Patientenberuhigung, um die Machtlosigkeit der Wissenschaft gegenüber der Krankheit nicht anerkennen zu müssen. Das Schicksal von Jan fällt mir ein, einem damals 26-jährigen Kommilitonen. Bei ihm wurde ein Gehirntumor diagnostiziert. Nach diversen Chemotherapien erfolgte ein Jahr nach der Diagnose die große Operation. Ihm wurde mitgeteilt, der Tumor sei entfernt, er sei geheilt. Mit freudiger Stimme rief er mich an. Irgendetwas veranlasste mich, ihn sofort am Nachmittag in der Klinik zu besuchen, obwohl ich ganz kurzfristig noch eine Betreuung für die Kinder arrangieren musste, die ich nicht mitnehmen wollte. Mit einem dicken Verband um den Kopf begrüßte er mich, alles habe gut geklappt, er komme jetzt in die Reha. Unbedingt müsse ich ein Glas Sekt auf sein Wohl trinken. Ich wollte nicht: »Das machen wir, wenn du mittrinken kannst.« Ich hatte nicht das Gefühl, dass es irgendeinen Grund zum Feiern gäbe, obwohl der Patient nach überstandener Operation völlig euphorisch und freudestrahlend war. Drei Tage nach meinem schnellen Besuch war Jan tot. Zum Entsetzen seiner Angehörigen und Freunde, die sich alle ebenso wie er über den vermeintlich gelungenen Eingriff freuten. Hinterher wurde bekannt, dass die Ärzte bei der Öffnung des Kopfes festgestellt hatten, dass der Tumor zu groß und damit inoperabel war. Man beschloss, ihm nichts vom tatsächlichen Befund zu sagen. Durch den schnellen Tod blieb Jan ein qualvolles Ende erspart, das zum langsamen Verlust von allen wesentlichen Gehirnfunktionen geführt hätte. Nach und nach hätte Jan sich nicht mehr bewegen können, Sprech- und Denkvermögen, alle sonstigen Körperfunktionen wären zum Erliegen gekommen. Meine Mutter erzählt, dass Michael nach der Operation gut ausgesehen habe. Das lässt mich hoffen, denn Jan war damals leichenblass. »Wie ein Ministerpräsident lag er im Bett«, schildert sie euphorisch ihren ersten Besuch nach dem Eingriff. »Vorher hätte man einfach den Deckel drauf machen können, so schlimm sah er aus.« Manchmal wundere ich mich über die drastischen Worte, die sie wählt. Wahrscheinlich hilft es, den Schock beim Anblick eines Todkranken zu verarbeiten.

Montag, 26. Juni – eine mexikanische Mariachi-Band spielt heute bei einem Stadtteilfest. Michael liebte diese Musik. Zufällig las ich gestern abend in meinem Tagebuch. Die Aufzeichnung ist 36 Jahre her – auf den Tag genau:

*26. Juni 1971: Heute hatten wir Besuch. Papa brachte Luis mit, er ist 20 Jahre alt, Mexikaner und schaut sich die Firma an, wo Papa arbeitet. Luis ist der Sohn von einem Freund von Papa. Er spricht kein Deutsch, kann nur ein wenig Englisch. Gut, dass ich das ein bisschen kann. Wir haben Tischtennis gespielt. Ich habe gewonnen. Luis sagt, es ist der Schläger, mit dem er nicht spielen kann. Ich glaube, es liegt daran, dass ich mit Papa immer übe. Er haut immer drauf, ich bin seine Schläge gewohnt und brauche dann meinen Schläger nur hinzuhalten, dann geht der Ball in hohem Bogen zurück und meistens kriegt er ihn dann nicht. Papa wird dann furchtbar wütend, schmeißt dann oft seinen Schläger auf den Tisch. Dann kommt Mama und meint, ob wir hier Tischtennis spielen oder uns umbringen. Luis war auch wütend, dass er nicht gewonnen hat. Das habe ich gemerkt. Hinterher hat Papa ihm Musik aus Mexiko von seinen Platten vorgespielt, dann war er wieder lustig.*

Die Band beim Fest spielt nachmittags. Noch hören nicht viele Leute zu, ich kann mich auf das Geschehen konzentrieren. »La Cucaracha« spielen sie, einen Titel, den Michael immer besonders gern gehört hat. Ich mochte das Wehmütige in diesen Liedern nie. Noch schlimmer war die Panflötenmusik aus den Anden, die er von seinen Reisen mitbrachte – Traurigkeit pur. Die Mariachi-Gruppe spielt schlecht. Alles, die Kostüme, die Musik, auch die Sängerin, die später hinzukommt, lassen mich völlig kalt. Erstarrte Professionalität, mit der ich nichts anfangen kann. Seltsam, seit Michaels Operation habe ich keine geistig-seelische Verbindung mehr zu ihm, die seit dem Besuch im Mai sehr stark war. Wahrscheinlich wurden ihm starke Schmerzmittel verabreicht, und er ist »weg.« So ließe sich der Abbruch der Verbindung erklären.

Mittwoch, 5. Juli – Entspannung in der Yoga – Stunde, Bilder tauchen auf. Ich sehe mich als Kind im Grundschulalter, spüre meine Aggressivität. Bis heute taucht sie auf, wenn mich jemand dumm anredet oder versucht, mich einzuschüchtern. Woher kommt Aggression in so jungen Jahren? Paula war völlig entsetzt, als ihr von den Nonnen mitgeteilt wurde, dass ich andere Mädchen von meiner Bande verprügeln lasse. Bei ihr zuhause war ich stets brav. Ich galt als intelligent, hatte mir mit Hilfe des von meiner Mutter gekauften Setzkastens mit fünf Jahren das Lesen beigebracht, konnte Noten lesen, nachdem sie mir ein Xylophon mit einem entsprechendem Lehrbuch besorgt hatte. Ständig war ich in meinem Zimmer und lernte. Zuhause war ich angepasst und still, in der Nonnenschule sorgte ich für Terror. Verhaltensauffällig würde man es heute nennen. Wahrscheinlich war der mir täglich verabreichte Vitaminsaft eher Beruhigungssaft – unserem stets finster dreinblickenden damaligen Hausarzt würde ich jede Behandlungsmethode zutrauen. Hätte es Ritalin gegeben, dann wäre es mir sicher verschrieben worden. Durch Michaels Sterben taucht meine gesamte Kindheit plötzlich wie in einem Kinofilm vor mir auf. Erstmalig stelle ich mir Fragen, erstmalig kann ich Fragen zulassen. Wieso zeigt ein Kind im Grundschulalter, das in einer sogenannten intakten Familie aufwächst, solch extreme Reaktionen? Meine aggressive Phase war vor der Geburt des Bruders, so dass man mein Verhalten nicht einmal durch dieses Ereignis begründen kann. Welche inneren Spannungen werden im Verprügeln anderer Kinder abgearbeitet? Werden Grundbedürfnisse nach Beachtetwerden nicht erfüllt? Habe ich deshalb später vielleicht versucht, das Unmögliche möglich zu machen? Ein Examen in Rekordzeit mit zwei Kindern unterm Arm, noch dazu alleinerziehend, später ganztags berufstätig in einer Männerdomäne, wo Mobbing an der Tagesordnung war? Welche Kraft, welche innere Wut haben mich zu diesen herkulischen Leistungen, zu genau diesem Leben, getrieben? In einer Psychologiezeitschrift lese ich zufällig am selben Tag, dass Aggressivität eine bei Kindern übliche Reaktion auf Depressionen der Mutter ist. Sie spüren, dass sich die Krankheit auf sie überträgt und versuchen, sie mit allen Mitteln abzuwehren. Kinder lieben das Leben, sie wollen nicht die tödlichen Gedanken der Depression spüren und wehren sich instinktiv gegen die Übertragung.

»Als Baby hast du keinen Mucks gemacht. Ich bin oft an Deine Wiege gegangen, um zu schauen, ob du überhaupt noch lebst«, so schildert Paula gerne die Zeit, als ich ihr noch keine Probleme machte. War ich so ruhig, um ungestört mit mir selber zu sein, spürte ich damals bereits die belastenden Energien der Mutter? In Paulas Familie haben Depressionen die Frauen begleitet. Paula war fünf Jahre alt, als ihre Mutter sich vor einen Zug warf. Warum sie das tat, darüber hüllte die Familie den Mantel des Schweigens. In der Kleinstadt wurde viel gemutmaßt. Ein ungewolltes Kind, hieß es. Letztendlich einigte man sich auf Depressionen. Ärztlich diagnostiziert waren sie nicht. Paulas Mutter war nicht in Behandlung. 1930 war das nicht üblich; Depression galt nicht als Krankheit. Mit der kleinen Paula sprach niemand über den Verlust der Mutter. Sie erhielt keine Erklärung, warum die Mutter gegangen war. Es lässt sich nur mutmaßen, wie Paula mit diesem Trauma umgehen konnte. Anzunehmen ist, dass sie alles verdrängt hat, ja, verdrängen musste, sonst hätte sie als so kleines Kind nicht überleben können. Ich konnte nie mit ihr über das Erlebte sprechen. Wie sehr es das Leben unserer Familie, insbesondere der Frauen, als Trauma immer noch begleitet, wird mir immer wieder von neuem bewusst. Paula bekam zwar kurz darauf eine »neue« Mutter, da ihr pragmatischer Vater sofort durch eine Anzeige dafür gesorgt hatte, dass seine vier Kinder zuhause versorgt waren, sie war aber völlig allein mit ihren Gefühlen. Ihre Geschwister waren wesentlich älter und auf ihre Art und Weise mit dem Verlust der Mutter beschäftigt. Welche Gefühle attackieren ein kleines Kind, dessen Mutter sich umgebracht hat? Verlassenheit, Wut, Verzweiflung, Hoffnung, Schuldgefühle. All diese Emotionen sind für Paula ihr Leben lang mit dem Thema Mutterschaft verbunden und wurden erneut geweckt, als sie selbst zum ersten Mal Mutter wurde. Die gesamte Geburt verlief alptraumartig: ich, ihr Kind, blieb im Geburtskanal stecken, in letzter Sekunde wurde sie brutal narkotisiert, mit einem Dammschnitt wurde das Kind geholt. Ihr ging es in den ersten beiden Wochen nach der Entbindung so schlecht, dass ich ihr nicht zum Stillen gebracht werden konnte. Sie fühlte sich in dieser Zeit wohl wieder völlig mutterlos, und ich ebenso, da ich in den ersten, so wichtigen Tagen nach der Geburt keinerlei Kontakt zu ihr hatte. Wenige Tage alt und bereits traumatisiert – so hatte ich mir mein diesmaliges Erdenleben ausgesucht. Bis heute dürfte darin der Grund liegen, dass Paula und mich kein Band verbindet: Zwei Traumatisierte können sich nicht gegenseitig helfen, so wenig, wie zwei Blinde sich führen können. Als Kind habe ich es versucht, Paula beizustehen und schnell erkannt, dass ich das riesige Loch an Bedürfnis nie füllen kann, das sich bei einem Mutterverlust auftut. Niemand kann das, am wenigsten ein Kind. Da hilft nur Therapie.

Michaels Sterben, mein Rückerinnern der Aggression meiner Kindheit, machen mir klar, dass ich keinesfalls erneut an Paulas Seite stehen kann, wenn sie wieder einen Getreuen braucht. Auch bei mir tauchen heftige Erinnerungsschübe auf an die Kindheit, wo ich mich durch ihre Emotionen völlig überschwemmt fühlte. Ganz besonders dann, wenn Michael zu seinen wochenlangen Reisen aufbrach. Jetzt steht er ebenfalls vor einer langen Reise, von der er zunächst nicht zu Paula zurückkehren wird. Das ist ihr lebenslanges Trauma. Aber nicht meines.

Erinnerungen tauchen auf, in denen die Mutter keine Rolle spielte: in der von mir geliebten Wohnung in der Altstadt gab es im Hof eine Schaukel. Stundenlang saß ich dort schon als Dreijährige und schaukelte mich weg, süchtig war ich nach diesem Gefühl. Mit drei kam ich auch in den Kindergarten: »Ich wusste nicht, was ich mit dir machen sollte, ständig wolltest du etwas lernen, deshalb gingst du früh in den Kindergarten. Eigentlich wollten sie dich dort nicht nehmen, du warst zu jung. Aber dann hat es doch geklappt, allerdings nicht den ganzen Tag. Um drei Uhr musste ich dich holen, da warst du eingeschlafen und eine Tante hat dich dann immer auf dem Arm rausgetragen.« Erstmals fällt mir auf, dass Paula oft erwähnte, dass ihr das Zusammensein mit mir »zu viel« war und sie sich überfordert fühlte: »Ständig wolltest du neue Geschichten hören und das war mir abends zu viel. Deshalb habe ich dir den Lesekasten geschenkt, da konntest du lernen, selber zu lesen.« Die Geburtserfahrung der Trennung, der frühen Abnabelung von der Mutter, zieht sich durch mein gesamtes Kinderleben. Ich versuche mich an eine emotionale Erfahrung zusammen mit meiner Mutter zu erinnern, ein Spiel, einen Spaziergang, einen Ausflug. Mir fällt nichts ein. Doch, eine kleine Wanderung, als mein Vater wieder auf Reisen war, ist mir in Erinnerung geblieben, bei der sie sich eine sehr unverschämte Bemerkung eines Mannes gefallen lassen musste. Ich war zehn Jahre alt; natürlich habe ich dem ungehobelten Klotz die entsprechende Erwiderung gegeben und ich habe das Gefühl der Schutzlosigkeit gehasst, das ich bei meiner Mutter spürte, und das wohl der Grund dafür war, das sie ansonsten immer darauf wartete, dass ihre Geschwister sie und uns Kinder am Sonntag zu einem Ausflug abholten. Sie fühlte sich ständig alleine, auch mit uns Kindern, wenn ihr Mann nicht da war. Ohne ihre unternehmungslustige Schwester wären wir am Wochenende nur zuhause gehockt. Paula muss wohl gespürt haben, dass sie ihrer Tochter wenig Gemeinsames geben konnte, denn sie sorgte dafür, dass ich stets beschäftigt war: sie kaufte den Lesekasten und das Notenlehrbuch. Von meinem Musiklehrer erfuhr sie, dass ich ein Instrument spielen sollte und besorgte mir eine Querflöte. Schnell stellten sich auch hier die entsprechenden Erfolge ein, da ich stundenlang übte. Meine Lehrerin überließ mir Schüler, die sie nicht mehr annehmen konnte. Montags unterrichtete ich von 13-19 Uhr. Mit sechzehn Jahren jobbte ich dann neben der Schule noch für die Lokalzeitung. Abends fuhr ich mit meinem Mofa zu den Versammlungen der Kleintierzüchter, der Motorsportfreunde. Ich berichtete über die Modenschauen des örtlichen Bekleidungshauses, das Projekt zur Altstadtsanierung, und war bald die ortsbekannte Lokalreporterin. Meine Artikel schrieb ich zwischen zehn und zwölf Uhr nachts und warf sie morgens, vor Schulbeginn, in der Redaktion ein. Bis der erste Journalist dort eintraf, hatte ich bereits drei Schulstunden hinter mir. Wahrscheinlich war mein Tagesablauf mit mehr Arbeit gefüllt als der eines normalen Berufstätigen. Mir war's genau recht so – ich war selten zu Hause. Und wenn, dann musste ich arbeiten: Flöte üben, die Schüler unterrichten, Artikel schreiben, das bedeutete nicht zur Verfügung stehen für emotionales Theater. Erstmals fällt mir auf, dass ich seit meinen Babyzeiten überwiegend von Paula getrennt lebte – genau wie mein Vater. Während meiner mit Arbeit angefüllten Teenagerjahre war ich der Meinung, dass Paulas oft auftauchende Unzufriedenheit, ihr nicht nachvollziehbares Aufbrausen über Kleinigkeiten, mit ihrem Hausfrauendasein zusammenhängen. Dreißig Lebensjahre und vier Therapiejahre später ist mir klar, dass auch eine Berufstätigkeit ihr Leben nicht erleichtert hätte. Auch dann hätte sie weiter ihre Familie und dann eben auch die Kollegen für die Emotionen verantwortlich gemacht, die sie quälten. Das hilflose, verzweifelte Kind, das sie immer noch ist, schiebt stets der abwesenden Mutter, und damit den Menschen im Umfeld, die Verantwortung für alles Negative zu, was geschieht. Obwohl ich eine Kinderfrau hatte, die zuverlässig war, und die ich heiß und innig liebte, fand Paula keinen geeigneten Nachmittagsjob. Mal war es der Chef, der ihr nachstellte und zuletzt dann ich, die angeblich immer in ihr Büro mitwollte, die verhinderten, dass sie ihre berufliche Entfaltung finden konnte. Natürlich auch noch der Ehemann, der abends keine gestresste sondern eine ausgeruhte Partnerin vorzufinden wünschte. Nachdem die Schuldigen für das Leben der Aufopferung gefunden waren, richtete Paula sich zu Hause ein. Fortan hatte jede Frau schlechte Karten bei ihr, der es gelang, aushäusige Erfolge zu verzeichnen. Vor allem ich. Die Welt außerhalb meines sogenannten Zuhauses war die einzige Spiegelung, die ich erfuhr und auf die ich deshalb angewiesen war, um mich überhaupt zu spüren.

Samstag, 8. Juli 2006 – sieben Wochen Supersommer mit Temperaturen über 30 Grad machten das Leben in meinem kleinen Appartment zur Hölle. Ich buche ein Zimmer in einer kleinen Pension im Schwarzwald, um Luft zu bekommen; nicht nur bezüglich der Hitze sondern auch, um Abstand zu den heftigen Emotionen und Erinnerungen zu erhalten, die seit Mai ständig auftauchen. Ein Traum von heute Nacht: ich sitze mir selbst als Vater bei meiner Abiturfeier gegenüber, und ich bin sehr schön. Andere Abiturienten sitzen mit ihren Eltern um uns herum, aber mein Vater und ich strahlen aus der Menge heraus. Er hat dieselben Locken wie ich, dieselben grünen Augen und ist sehr lebendig – mein Alter Ego. Bin ich stet mein eigener Vater gewesen? Ist dies die Botschaft des Traums? Wenn er weg war, lag ich als kleines Kind apathisch herum, fühlte mich völlig kraftlos und hatte Bauchschmerzen. Der Arzt konnte kein organisches Leiden feststellen. Ich spürte die Angst der Mutter, empfand sein Wegfahren ebenso wie sie als Tod. Die heftigen Emotionen während seiner Abwesenheit überwältigten mich so, dass ich das Gefühl hatte, mitzusterben – wie jetzt in diesen Tagen auch. Deshalb weiß ich heute genau, dass ich nicht zur Mutter fahren werde, denn dann geschieht, was so oft früher geschehen ist: sie stülpt mir ihre Emotionen über, auch die nie bearbeiteten beim Tod ihrer Mutter. Beim Gedanken daran bekomme ich Erstickungsgefühle. Nie wieder will ich mich so machtlos, so ausgeliefert fühlen wie als Dreijährige. Paula versuchte, mir später ihre Version meines Verhaltens aufzuoktroyieren: ich hätte den Vater so vermisst, das sei der Grund für meine Apathie gewesen. Heute weiß ich: sicher habe ich ihn vermisst. Es müssen aber andere Faktoren zur Apathie geführt haben, denn ein dreijähriges Kind ist normalerweise sehr schnell abzulenken. Es gab aber während Vaters Abwesenheit keine Ablenkung – und genau das wusste ich instinktiv. Solange er weg war, würde ich Paulas Depression, ihre Trauer über seine »Flucht«, die wieder die alten, nicht bearbeiteten Gefühle beim Weggang der Mutter mit sich brachten, ungehindert miterleben. Dieses instinktive Wissen führte dazu, dass ich mich hinlegte und nicht mehr aufstehen wollte. Wie sehr Paula durch ihr eigenes Erleben während der Abwesenheit ihres Ehemannes beschäftigt war, zeigt die Tatsache, dass sie mein ungewöhnliches Verhalten nicht bemerkte. Meine Kinderfrau, meine Amma, machte sie darauf aufmerksam. Mir wird klar, dass ich bisher in der Kindposition vieles durch die Erzählungen der Mutter nacherlebt habe. Ich muss lernen, meinen Emotionen von damals nachzuspüren. Das ist nicht leicht, wenn man fast fünfzig Jahre lang alle unangenehmen, weil bedrohlich erscheinenden Gefühle schnell weggeschoben und unter den Teppich gekehrt hat. Ich muss beginnen, mir selbst und meinen Empfindungen wieder zu vertrauen.

Sonntag, 10. Juli: Es ist nicht zu glauben: Meine Mutter ruft an. Vater fährt gleich nach der Operation zur Reha. Er hat alles selbst geregelt und hat sich eine Klinik in Höchenschwand im Schwarzwald ausgesucht – der Ort, wo ich ausspannen will, liegt 20 Kilometer davon entfernt! Ich wusste, dass wir noch einmal die Möglichkeit zu einem Treffen haben werden, ohne dass er völlig geschwächt, an Schläuche angeschlossen, im Bett liegt. Wir werden uns in einer Woche sehen.

Montag, 11. Juli – Angekommen in meinem kleinen Schwarzwalddorf erkundige ich mich nach einer Busverbindung nach Höchenschwand. Es gibt einen Bus, der um halb elf im Kurort meines Vaters ist. Eigentlich wollte ich den Besuch erst zum Ende meiner Erholungswoche machen, aber ich weiß genau, dass ich mich erst entspannen kann, nachdem ich ihn gesehen habe.

Dienstag, 12. Juli – Im Bus komme ich mit einer Frau ins Gespräch, die aus Dresden kommt und jetzt, nach dem Tod ihres Mannes im Schwarzwald, in der Nähe ihrer Tochter lebt, um auf deren Kinder aufzupassen. Deshalb kann diese unbesorgt den ganzen Tag arbeiten. »Au, da werden Sie sicher Heimweh haben«, rutscht mir heraus, weil ich mir gleich die offensichtlich lebenslustige Dresdenerin hier in diesem ruhigen Schwarzwald vorstelle, dessen Bewohner wenig zur Heiterkeit, geschweige zur Ausgelassenheit neigen. Sofort schießen ihr die Tränen in die Augen: »Ich habe viele Freunde, die ich anrufe und die mich besuchen, aber am schlimmsten ist, dass sie hier alle so in die Kirche rennen. Das kenne ich nicht. Wenn man dabei nicht mitmacht, so wie ich, ist man gleich außen vor.« Die Erfahrung kenne ich, da ich aus einer katholischen Kleinstadt komme. Wer da früher nicht in die Kirche ging, gehörte nicht dazu. Ich kann die Frau verstehen. Ihr scheint das Gespräch gut getan zu haben, auch wenn es Emotionen geweckt hat. Der Bus hält an meinem Zielort. Auf dem kurzen Fußweg zur Klinik frage ich mich, ob Vater ahnt, dass er gleich unerwarteten Besuch bekommen wird. Paula habe ich nicht gesagt, dass ich ihn besuchen werde. Ich wollte mir alle Freiheit lassen, zu entscheiden, wann ich fahre. Sie hätte Tage im voraus wissen wollen, wann ich komme und wäre dann sicher auch erschienen. Am Empfang der Klinik erkundige ich mich nach seiner Zimmernummer. Ich gehe nach oben, öffne die Türe und bin darauf gefasst, einen Schwerkranken im Schlafanzug im Bett liegend vorzufinden. Wohlriechender Duft strömt mir entgegen, ein frisch parfümiertes Zimmer erwartet mich, also kann Michael aufstehen. Zunächst kann ich niemanden sehen. »Hier riecht es ja wunderbar, jetzt krieg' mir bloß keinen Herzinfarkt«, sage ich. Überraschte Stille im Raum. Vater liegt ausgestreckt in blauen Hosen und weißem Oberhemd auf dem gemachten Bett in einer Nische des Zimmers, von der er aus die Tür nicht im Blick hat. Bislang hört er nur meine Stimme. Ich trete näher, er richtet sich langsam auf, kann es nicht glauben, wer da plötzlich im Raum steht. »Wie kommst du hierher?« Er traut seinen Augen noch nicht. Ich erzähle ihm von dem Zufall, der mich in das Schwarzwalddorf in seiner Nähe geführt hat. »Wo ist Philipp?« möchte er wissen. Mein Freund hält ein Seminar für angehende Journalisten. »Sonst wäre er natürlich mitgekommen«, sage ich. Michael ist über mein Kommen so verblüfft, dass er zum Handy greift, um meine Mutter anzurufen. Er hasst Telefone, das Handy im Besonderen. Zum ersten Mal sehe ich ihn mit diesem Gerät telefonieren. »Ich freue mich so, ich freue mich so«, jubelt meine Mutter, als er mir das Gerät übergibt. Zwar erscheint mir die Reaktion etwas übertrieben, doch gleichzeitig tut es mir gut, auch einmal unverhohlene Freude bei den beiden zu spüren, wenn ich auftauche. Bei meinen früheren Besuchen war sie stets stark von anderen Gefühlen überlagert; Wut vor drei Jahren, als ich Philipp vorstellte, und die Eltern meinten, dass wir vor dem Besuch bei meiner Tante übernachtet und ihnen das nicht mitgeteilt hätten, Zorn, Enttäuschung, Frustration und die alles überlagernde Wut – die beherrschenden Emotionen meiner Kindheit – sind stets mit Besuchen bei den Eltern verbunden gewesen. Anlässe gab es zuhauf, meist musste Paulas Schwester Rut als Grund herhalten, auf die sie ständig eifersüchtig war. Rut kümmerte sich viel um meine Kinder, ging skilaufen mit ihnen, fuhr in den Sommerferien mit ihnen weg. Für mich als alleinerziehende Mutter war das eine ungeheure Erleichterung. Paula hingegen schimpfte: »Sie nimmt mir die Kinder weg.« Nun herrscht Freude vor, wenn ich komme. Es ist so schade, dass viele Menschen Freude erst in Krisensituationen empfinden können und nicht bemerken, dass sie wertvolle Lebenszeit überwiegend in einer grässlichen Gemütsverfassung zubringen.

Michael sieht besser aus als am 1. Mai, ist aber unübersehbar von den Folgen der Operation geschwächt. Immer noch ist er abgemagert, kann schlecht sprechen, seine Stimmbänder sind angegriffen, was wohl auch auf die Intubation bei der Narkose zurückzuführen ist. Er erzählt mir nochmals den Ablauf der gesamten Krankengeschichte, wie ich sie bereits von meiner Mutter gehört habe. Eine große Operation, wie die fünfstündige, die er überlebt hat, ist in den Folgen ebenso traumatisch für die Psyche wie eine schwere Körperverletzung, denke ich während seiner Schilderungen. Es ändert nichts an den Auswirkungen, dass man vorher eine Einwilligung erteilt. Michael tut das Erzählen gut. Ich bewundere seine Kraft, lasse mir die riesige Operationsnarbe zeigen. Ich fühle mich ihm verbunden: ein Krieger zeigt mir seine Verletzung. Die Tür geht plötzlich auf, eine Krankenschwester kommt ins Zimmer und hinterlässt ein Medikament, das er einnehmen soll. Er studiert aufmerksam den Beipackzettel, ich spüre, dass seine Kraft erschöpft ist und kündige deshalb an, dass mein Bus in zwanzig Minuten fährt. Wir verabschieden uns. Ich nehme ihn bewusst fest in den Arm, froh, dass ich ihn noch einmal sehen durfte. Für mich ist es ein Wunder, dass er die OP überlebt hat, und der durchführende Arzt den Mut hatte, den schon damals Todkranken zu operieren. Natürlich hat der Arzt das weder dem Patienten Michael noch den Angehörigen so mitgeteilt, aber ich weiß, dass es ein unglaubliches Risiko war zu operieren, um noch ein wenig Lebenszeit zu gewinnen. Wieder verabschiede ich mich zum letzten Mal. Seine Freude über meinen Besuch darf ich noch tagelang spüren. »Das war so eine Überraschung«, sagt er zum Abschied.

Freitag, 15. Juli – Heimfahrt nach Frankfurt. Die drei Tage im Schwarzwald, die ich nach dem Besuch beim Vater dort noch verbracht habe, erscheinen mir wie ein Traum, herausgefallen aus der Realität. Der Schwarzwaldaufenthalt setzt

Erinnerungen frei. Das letzte Mal war ich dort während der Schwangerschaft mit Kristofer. Mein erstes Kind. 26 Jahre sind seitdem vergangen, ich war gerade zwanzig geworden, hatte Abitur gemacht und war gleich anschließend zu Hans, meinem späteren Ehemann, nach Freiburg gezogen. Lange schon wollte ich weg aus meiner Heimatstadt, gleichzeitig vermisste ich das bisherige Leben. In Freiburg kannte ich niemanden und fühlte mich oft allein. Im Sommer des Jahres 1980 fühlte ich mich genauso zwischen den Welten wie jetzt, im Sommer 2006. Geburt und Tod sind Zeiten der Wandlung. Jetzt wie damals weiß ich, dass ein neues Leben beginnt, eine Zeit des Neubeginns. 1980 bedeutete das, das kleine Wesen im Bauch zu spüren, dass mich völlig verändern würde. Die Tage nach dem Besuch beim Vater brachten ähnliche Gefühle: etwas Neues würde eintreten, das mein Leben anders ausrichten würde. Da war auch das Gefühl: ein Kreis schließt sich. Vor 26 Jahren hatte ich den Vater verlassen, jetzt war ich zum Vater zurückgekehrt. Mein Besuch war eine Riesenüberraschung für ihn. Wir hatten uns vor seiner Krankheit manchmal jahrelang nicht gesehen – vielleicht hatte er auch in seinen Selbstzweifeln angenommen, ich sei an seinem Schicksal nicht interessiert; er konnte ja nicht wissen, wie sehr ich seine jetzige große Reise vorausahnte. Ebenso wie damals bei meinem Studienkollegen konnte mich die angeblich erfolgreiche Operation nicht täuschen. Zu schwach sah der Mensch aus, der mir gegenübergesessen hatte, zu stark war immer noch meine Wahrnehmung der schweren Krankheit. Deshalb war es wichtig, dass wir uns noch einmal sehen konnten. Für mich war er der Auferstandene – Tage später kam mir unsere Begegnung noch wie ein Traum vor.

Sonntag, 16. Juli: Verraten und kraftlos fühle ich mich – wieder dieses Gefühl, wenn der Vater für Wochen verschwand, und ich hilflos heftigen Emotionen ausgesetzt war. Der Boyfriend meiner Tochter, Steve, rief heute aus Australien an und hinterließ eine Nachricht auf Philipps Anrufbeantworter. Philipp hört sie ab, das Ding lässt sich nicht laut stellen, er muss sein Ohr ganz nah an das Gerät halten und wird blass. Er sagt nichts. Ich will die Nachricht anhören, Philipp spult widerstrebend vor und diesmal höre ich, was der Australier zu sagen hat, der seit ein paar Monaten Kristinas engster Vertrauter ist. Er beschimpft mich in übelster Art und Weise: ich sei eine Hure, die jahrelang mit verheirateten Männern ein Verhältnis gehabt hätte. Jetzt würde ich mich nicht um meine Tochter kümmern, ihr nur sagen, ich würde mich melden und mich dann aber nicht rühren. Beim erneuten Abhören schaffe ich es tatsächlich alles genau mitzuschreiben. Ich muss das tun sonst glaube ich nicht, dass sich alles so zugetragen hat. Ich weiß, dass das Gehirn dazu neigt, bei Schock gleich alles zu verdrängen. Philipp und ich sind fassungslos, als wir hinterher gemeinsam durchlesen, was ich notiert habe. Ich spüre genau, dass Philipp ebenso wie ich weiß, dass die Vorwürfe völlig haltlos sind. Was sich in den Worten des Typs zeigt, den wir nur von Fotos kennen, ist eine ungeheure Aggression und Wut. Ich kann mir nicht vorstellen, dass dies Kristinas Beschimpfungen sind. Ja, ich hatte nach meiner Scheidung eine Beziehung zu einem Mann, der verheiratet war. Geld dafür habe ich nie genommen, es war einfach nur praktisch. Auf eine Beziehung zu einem Mann wollte ich nicht ganz verzichten, und er nahm meine Zeit nicht in Anspruch, wenn ich sie für die Kinder brauchte. Ein Arrangement, das wohl auch die Kinder instinktiv so wahrgenommen haben. Natürlich kannten sie ihn, spürten aber wohl, dass er ihnen die Mutter nicht wegnehmen wollte, denn Eifersucht oder gar Aggressionen ihrerseits gegen ihn gab es nie. Ich verstehe nicht, wie Kristina zulassen kann, dass mich ihr Freund so beschimpft. Wie geht er dann mit ihr um? Ich bin wütend, erinnere mich daran, wie ich mich erst vor kurzem für Kristinas Interessen eingesetzt habe. Vor Gericht habe ich die Kaution für ihre ehemalige Wohnung erstritten. Das Ganze kostete mich Zeit, weil ich die Klageschrift selbst schreiben musste, Kraft und Nerven, weil sich das gesamte Verfahren hinauszögerte. Die Kaution wurde auf Kristinas Konto überwiesen und ist, wie sie mir kurz am Telefon mitteilte, bereits komplett aufgebraucht: 2500 Euro sind weg, angeblich für ein Auto, das, so meinte sie, ihr zur Hälfte gehöre. Mir wäre das neu. Gibt es in Australien Teilbesitz am Auto? Nachdem sie mich in den letzten Monaten zum dritten Mal per Mail bat, Geld auf ihr Konto zu überweisen, sie sei pleite, habe ich die letzte Zahlung hinausgezögert. Wahrscheinlich war das der Grund für den wütenden Anruf des Australiers. Zu Beginn ihres Australienaufenthaltes verdiente sie ihr Geld mit Arbeiten auf den großen Farmen: Äpfel- oder Bananenpflücken. Eine Ausbildung wollte sie nicht machen; ihr gefielen die wechselnden Jobs. Nach dem Kennenlernen des Typen erzählte sie immer weniger von den Jobs, plötzlich wohnten sie bei der Mutter des Freundes, von den Farmarbeiten war keine Rede mehr. Auffallend war in den vergangenen Monaten auch, dass Kristina sich kaum mehr per E-Mail meldete, denn im ersten Jahr ihres Aufenthaltes schrieb sie oft und viel. Natürlich bemerkten wir, dass ihr »Freund« wohl weniger an Kristina interessiert war als an dem Geld, an das er durch sie gelangen konnte: 2500 Euro waren aufgebraucht, sie ließ sich immer wieder von ihrer Tante Geld überweisen, die noch gutmütig war, probierte es bei mir, ihrem Vater, den Großeltern. Ich war sehr wütend, denn schließlich befand ich mich auch nicht in einer einfachen Phase meines Lebens. Was sollten wir aber tun? Australien, das Land ihrer Träume, war weit weg. Als Kristofer bereits vor zwei Monaten hinfliegen wollte, um ihr beizustehen, legte ich mein Veto ein. Ein Kind hatte ich schon an dieses Land verloren. Wenn Kristinas Freund tatsächlich so irre war, wie wir alle vermuteten, dann bestand die Gefahr, dass er Gewalt auch gegenüber meinem Sohn anwendete. Ihn wollte ich in dieser Zeit der Verluste nicht auch noch hergeben müssen.

Nachts wache ich plötzlich auf, mir fallen die Empfindungen ein, die mich während der Schwangerschaft mit Kristina beherrschten. Ich wollte weg! Meinem Ehemann wollte ich es gleichtun, der sich einfach in ein schnelles Auto setzte, den großen Meister während seiner Schulungen spielte, der in chicen Hotels übernachtete und sich dort bedienen ließ, um dann am Wochenende erschöpft in den Schoß der Familie zu fallen und dort umsorgt zu werden. Ich war neidisch auf seine Freiheiten, sein einfach-so-wegfahren-können, ohne sich um die häusliche Organisation kümmern zu müssen, denn ich war ja da, die stets verfügbare Ehefrau. Ich fühlte mich wie der Kühlschrank: immer da, immer irgendetwas drin, was einer gerade brauchen kann, immer offen und innerlich genauso kalt. Nach drei Jahren Ehe kam ich mir festgebunden an die Familie vor, alleingelassen mit allen Verpflichtungen. Ich hatte Angst, mein Studium nicht abschließen zu können und vielleicht für immer in dieser, für mich völlig unbefriedigenden, Situation gefangen zu sein. Sechs Jahre vor der Trennung von meinem Mann hatte ich bereits das Gefühl, dass in unserer Ehe etwas nicht stimmt, es verstärkte sich mit jedem Schwangerschaftsmonat. Aber was sollte ich jetzt tun? Mit dem zweijährigen Kristofer und dem Kind im Bauch schien mir ein Neuanfang völlig unmöglich, es sei denn, ich wollte vom Unterhalt, später vielleicht von Sozialhilfe, leben müssen. Meinen Kindern wollte ich diese Perspektive nicht bieten. Dann doch lieber in der schal gewordenen Beziehung ausharren und warten, bis ich mein Studium abgeschlossen hatte. Dann könnte ich einen Job finden, und den Kindern finanzielle Sicherheit bieten. Das erschien mir aufgrund meiner Erziehung wichtig. Geld musste da sein, alles andere kam erst an zweiter Stelle, so war es bei meinen Eltern gewesen. Für mich bedeutete das, mein Studium möglichst schnell zu beenden, um mich dann aus dem Ehejoch befreien zu können. Gedanklich bereitete ich mich in dieser Schwangerschaft auf das Durchstarten danach vor: raus aus der Ehe, rein in einen Job, bei dem man viel verdienen kann. Jetzt war dieses Kind, das ich in mir getragen hatte, als ich meinen Ausbruch plante, in ein alptraumartiges Abhängigkeitsverhältnis geraten. Das ist für mich unbegreiflich. Ich dachte, sie sei während der Schwangerschaft vollgeladen worden mit starken Energien, die sie unbesiegbar machen. Mir fällt ein, dass Paula mich auch immer als starke Frau sah. Neigen alle Mütter dazu, ihre Töchter seelisch stärker zu sehen als sie sein können, um von der eigenen Schwäche abzulenken? Die Amazonen-Tochter als Wunschtraum für das eigene, unterdrückte wilde Leben? Trotz dieser Gedanken ist mir unbegreiflich, wie Kristina sich diesem Menschen so ausliefern konnte. Ich kann es nicht fassen.

*5. Januar 1983 – Auszug aus meinem Tagebuch: Manchmal bin ich erstaunt, ja fast erschreckt über meine heftigen Gefühle in dieser Schwangerschaft. Mir reicht es mit allem; mit dem Bauch, mit meiner Ehe, mit meiner finanziellen Abhängigkeit. Ich will meinen Körper wieder für mich haben und möchte wieder enge Sachen tragen; vor allem will ich mein Leben für mich haben und wieder durchstarten. Ich habe mir fest vorgenommen, mein Studium ganz schnell durchzuziehen. Ich will einen Job, will finanziell unabhängig sein und meinen Kindern alles bieten können, was sie brauchen.*

Beim Lesen dieser Zeilen heute fällt mir ein, dass ich in meiner Ehe die Erfahrungen aus der Kinderzeit wiederholt habe: wieder musste ich Vater und Mutter sein, dieses Mal meinen Kindern gegenüber. So empfand ich es, ich fühlte mich genauso alleingelassen wie während meiner Kinderzeit. Wieder war ich völlig überfordert mit dieser herkulischen Aufgabe, versuchte aber, ganz erwachsen meinen Weg zu gehen und die Aufgabe irgendwie zu meistern. Beide Male, in der Kinderzeit wie auch während meiner Zeit als Mutter, ist mir das gelungen; alle »Kinder« sind groß: ich, Kristofer und Kristina. Jetzt wundere ich mich aber nicht mehr über meinen Zusammenbruch, als das letzte Kind das Haus verlassen hat – das war das Ende der riesigen Arbeit, die ich mir aufgehalst hatte, und damit sozusagen der Herzinfarkt nach einem anstrengenden Berufsleben, den ich allerdings überleben konnte. In mir ist ein großes Vertrauen, dass Kristina sich von diesem unverschämten, gewalttätigen Menschen befreien wird. Zunächst will ich deshalb nichts unternehmen, obwohl mein Impuls mich drängt, ihr einen Brief zu schreiben. »Die Ohnmachts- und Hilflosigkeitserfahrungen der 2. Juliwoche verlangen Aufmerksamkeit«, lese ich in einer seriösen Astrologiezeitschrift. »Starke Gefühle werden lebendig und verlangen Aufmerksamkeit. Sehen Sie genau hin und lassen Sie unangenehme Wahrheiten zu. Versuchen Sie nicht, um sich zu schlagen sondern einen klaren und liebevollen Umgang mit sich selbst und anderen zu finden. Sollte Ihnen das möglich sein, können gewaltige Heilungsprozesse in Gang kommen. Die Gefühle betreffen vor allem häusliche Fragen, die Bereiche Wohnen, Heimat und Zugehörigkeit.« Von Astrologie kann jeder halten, was er will, aber ich bin überrascht über die Stimmigkeit dieser Wochenprognose mit dem, was sich gerade bei mir abspielt.

Dienstag, 1. August – derzeit ist es nicht leicht für mich, nicht wütend auf Kristina zu sein. Als Mutter fühle ich mich verarscht. Ihr Freund beleidigt mich und vom Anwalt ihres ehemaligen Vermieters kommt Post. Er hat ein Urteil erstritten, dass er die Prozesskosten zurückerhält. Das Geld will er von mir, weil ich Kristina in diesem Prozess vertreten habe. Das darf doch wohl nicht wahr sein! Postwendend – im wahrsten

Sinn des Wortes – bringe ich seinen Brief zur Post und erkläre, dass Kristina nie unter meiner Anschrift gewohnt hat und in Australien unter einer mir nicht bekannten Anschrift lebt. »Kein Problem, der Brief geht an den Absender zurück«, wird mir von einem freundlichen Angestellten erklärt. Ich versuche, klar und liebevoll mit mir umzugehen, getreu dem Rat in der Astro-Zeitschrift. Warum bin ich wütend auf Kristina? Letztendlich deshalb, weil ich mit dem Prozess wieder als Mutter für sie tätig geworden bin. Ich habe die Rückzahlung der Kaution erstritten und ihr das ganze Geld überwiesen, das sie jetzt wohl ihrem Typen geschenkt hat. Das Geld ist weg. Dasselbe Ergebnis hätten wir auch, wenn ich überhaupt nichts gemacht hätte: keine Klageschrift unter Rückenschmerzen geschrieben, keine Prozesskostenhilfe für sie beantragt. Wäre ich untätig geblieben, wäre die Kaution nicht zurückgezahlt worden. Sie ist gezahlt worden, aber das Geld ist gleich rausgeschmissen worden, noch dazu von einem Fremden, nicht einmal von Kristina. Sie hat also gar nichts davon gehabt – nur ich bin wieder einmal zum Deppen meines Helfersyndroms geworden. Wie so oft in diesem Leben. Wann werde ich endlich in der Lage sein, die Rolle der Kindheit aufzugeben und mich nicht mehr in das Leben der von mir geliebten Menschen einmischen? Für mich ist das ungeheuer schwierig, da ich manches zu einem Zeitpunkt weiß, wo es den Betroffenen noch nicht klar ist: Während einer Yoga-Woche vor einem Jahr träumte ich von meiner Tochter. Blutverschmiert und mit zugeschwollenen Augen betrat sie einen Raum, wo ich mich gerade mit einer Nachbarin unterhielt. »Wie kannst Du das zulassen?« habe ich sie völlig entsetzt gefragt. »Du bist doch Boxer, du musst doch zurückschlagen!« Im Traum lächelt sie mich nur an. Per Mail habe ich sie damals sofort von dem Traum unterrichtet. Ich hatte die ganze Nacht nicht geschlafen und konnte ihr verletztes, hilfloses Gesicht nicht vergessen. Auf meine Frage in der

E-Mail, ob der Typ prügelt, bekam ich keine Antwort. Abgesehen von Aufforderungen, doch Geld zu überweisen, rührte sie sich dann gar nicht mehr. In meiner Ratlosigkeit, was zu tun ist, bin ich froh über jedes Gespräch. Eine Ärztin erzählt mir im Fitnessstudio von ihrer Tochter, die auch völlig abhängig von ihrem Ehemann wurde: »Da kann einer in die Familie kommen und ein Mitglied völlig gegen seine Angehörigen aufhetzen, die Erfahrung kenne ich. Aber heute würde ich mehr kämpfen. Meine Tochter hat ihren Beruf wegen ihrem Mann aufgegeben. Da würde ich heute viel mehr sagen und nicht nur diplomatisch schweigen.« Mir tut es gut, zu hören, dass andere Frauen auch enttäuscht über ihre Töchter sind, wenn diese ihre Prinzipien für einen Mann aufgegeben haben. In der Familie meiner Mutter ist dies ein wichtiges Thema, das Sich-selbst-nicht-aufgeben. Ihre Mutter, meine Großmutter, warf sich mit 38 Jahren vor einen einfahrenden Zug, angeblich weil sie Depressionen hatte. Oft schon habe ich mich gefragt, was genau der Grund war, warum eine Frau, vierfache Mutter, so ihr Leben beendet, deren jüngstes Kind – meine Mutter – fünf Jahre alt ist. War es auch hier die Verzweiflung über ein Leben, das sie nicht so führen kann, wie sie es sich vorstellt? War auch hier ein despotischer Mann die Ursache? Mein Großvater war streng und hatte Prinzipien, wie seine heute noch lebenden Kinder alle sagen. Schnürten sie meiner Großmutter die Luft ab? Spaß am Dekorieren habe sie gehabt, erzählt ihre älteste Tochter, ständig habe die Wohnung anders ausgesehen. Wollte sie auch ihr Leben anders aussehen lassen und musste sie feststellen, dass ihr das nicht so einfach gelingen sollte wie die Änderungen in ihrem Zuhause? Viele Fragen stellen sich mir, weil dieses Thema, die Eigendurchsetzung der Frau, alle Frauen in der Familie betrifft. Paula ordnete sich völlig ihrem Gatten unter, ertrug widerspruchslos die ständigen Abwesenheiten, lebte seinen Tagesablauf, war finanziell völlig von ihm abhängig und hatte deshalb ständig große Visionen, was sie beruflich alles hätte machen können, gäbe es Mann und Kinder nicht. Ich selbst hatte kurz nach Kristinas Geburt einen schweren Autounfall, den ich dank mehrerer glücklicher Umstände überlebte. Später stellte sich heraus, dass der Tag des Unfalls, der 25. Januar, der Todestag der Großmutter ist. In der Psychologie sieht man dies nicht als Zufall sondern als Sippenthematik, die immer wieder auftaucht, bis ein Thema erlöst, nämlich endgültig bearbeitet ist. In der Zeit des Unfalles war bei mir der Überdruss an meinem gesamten Eheleben besonders groß. »Es gibt kein richtiges Leben im falschen«, dieser Satz ging mir damals dauernd durch den Kopf. Hinterher war ich froh, dass ich überlebt hatte: ich liebte doch meine Kinder und wollte sie nicht alleine lassen. Dies war auch mein erster Gedanke, als ich kurz nach dem Aufprall gegen einen Baum wieder zu mir kam. Nicht der Mann war mir wichtig sondern die Kinder. Nach dem Unfall sah ich wegen der Prellungen genau so aus, wie ich Kristina in meinem Traum gesehen hatte: eine verprügelte Frau. Für mich sind das Hinweise, dass die Frauen unserer Sippe unbedingt darauf achten müssen, ein selbstbestimmtes Leben zu führen, da sie ansonsten Opfer von Aggression oder Autoaggression werden. Kein Zufall ist es auch, dass sowohl meine unverheiratet gebliebene Tante als auch ich in männerdominierten Berufen arbeiteten, die in der Gesellschaft angesehen waren. Sich-bloß-nicht-unterbuttern-lassen, Zähne zeigen, männliche Eigenschaften, um ja nicht in die weibliche Depression zu fallen, die die Frauen der Sippe stets begleitete. Dann lieber im Größenwahn leben, der für mich und die Kinder in meinen Hoch-Zeiten völlig normal schien. Da ich viel arbeitete und öfter unterwegs war, suchte ich mein stets vorhandenes schlechtes Gewissen gegenüber den Kindern zu beruhigen, indem ich ihnen möglichst viel Reisen in der knappen Zeit mit mir bot. Flugreisen waren normal, sie fanden jedes

Jahr statt. Wir reisten zusammen sogar um die Welt, besichtigten Bangkok, Manila, Hongkong, wir waren in Tokyo, Los Angeles und auf Hawaii. Mit Kristina zusammen war ich eine Woche in New York, um eine Kollegin von mir zu besuchen. Auf ihren Wunsch hin verbrachten wir einen herrlichen vierzehntägigen Urlaub in der Provence. Jetzt denke ich, dass es besser gewesen wäre, wenn ich den Familienurlaub auf Campingplätze verlegt hätte, wo man sein Zelt selber aufbauen muss und sich bei Regenwetter tödlich langweilt. Vielleicht wäre dann alles normaler verlaufen und Kristina wäre nicht in ihrer Suche nach Höhepunkten an einen völlig verrückten Menschen geraten. Kristofer meint, es läge nicht an mir: »Ihr Problem ist, dass sie immer an Idioten gerät.« Er meinte schon bei ihrem ersten Freund, dass ich eingreifen müsste, weil seine Schwester ein Helfer-Syndrom bei Leuten hätte, die es gar nicht verdienten. Natürlich mischte ich mich nicht ein und das werde ich bei dem australischen Boyfriend auch nicht tun. Ich werde ihr nur klar sagen, was ich von diesem Menschen denke, dessen Bekanntschaft ich telefonisch machen durfte. Irgendwann werde ich ihr schreiben, gerade ist es noch zu früh. Ich habe selbst noch keine halbwegs objektive Einschätzung des Erlebten und schwanke gefühlsmäßig wie ein Blatt im Wind zwischen Wut auf Kristina, die es in meinen Augen zuließ, dass ihr Freund mich beleidigte und Mitleid mit ihr, weil ich genau weiß, dass das nicht die Tochter ist, die ich kenne und so sehr liebe. Es ist seltsam, dass sich die familiären Ereignisse nach der Diagnose von Michaels tödlicher Krankheit überschlagen. Ich halte es nicht für einen Zufall, dass wenige Tage nach meinem letzten Besuch bei Vater der beleidigende Anruf aus Australien kam. Es muss einen Zusammenhang geben, da bin ich mir sicher. Sind die Ereignisse gleichzeitig passiert, weil sich bei beiden beteiligten Männern die Frauen völlig nach deren Wünschen gerichtet haben? Paula hat ihr Leben und ihre Zufriedenheit immer unter die des Göttergatten gestellt. Kristina zeigt sich gerade auch schwach und überlässt einem Idioten die Macht über ihr eigenes Leben, vor allem auch über ihren Körper, da sie es wohl zulässt, dass ihr Freund sie schlägt. Zeit muss vergehen, denn derzeit spüre ich meine emotionale Verletzung noch zu stark und das beeinträchtigt klares Denken.

Donnerstag, 4. August 2006 – der erste erträgliche Tag seit acht Wochen. So lange waren jetzt in meinem Appartment 35 Grad tagsüber. An Schreiben war nicht zu denken. Bereits der Gedanke, das Notebook hochfahren zu müssen, verursachte mir zusätzliche Hitzestaus. Innerhalb von zwei Tagen hat es auf erträgliche 16 Grad heruntergekühlt, und ich merke erst jetzt, wie mich die hohen Temperaturen zusätzlich zu der derzeitigen starken emotionalen Belastung angestrengt haben. In meinem E-Mail-Postfach finde ich eine kurze Nachricht: Kristina gibt ihren Freunden bekannt, dass sie den Verteiler mit allen Namen löscht, da sich ja ohnehin keiner melden würde. Sie schlägt dagegen Telefonieren vor, das sei am effektivsten. Hinter diesem Vorschlag steckt wohl auch wieder ihr despotischer Lebenspartner, der sie von allen Außenkontakten abschneiden will, besonders von denen, die er nicht versteht, wie die deutschen E-Mails. Kristofer hat mir erzählt, dass Kristina bei ihrem Vater angerufen und auf Englisch um Geld gebeten hat, obwohl dieser gar kein Englisch kann. Das bestätigt meine Vermutung, dass sie ohne männliche Kontrolle nichts mehr tun darf. Dabei habe ich es immer genossen, ihr lange Mails zu schreiben und alles zu erzählen, was es Neues in Deutschland gibt. Ich kann es immer noch nicht glauben, dass meine so selbständige, freiheitsliebende Tochter sich von einem Mann herumkommandieren lässt. Sie hat es stets abgelehnt, wenn andere meinten, wissen zu müssen, was gut für sie ist. Ist hier etwa ein Sippengen stärker, das dafür sorgt, dass nicht nur die Oma sondern jetzt auch die Enkelin ihre Leben für das ihrer Männer opfern? Ich habe Angst um Kristina, denn am Telefon klang der Australier gewaltbereit. Seine Vorgehensweise ist genau die eines Schlägers, der sein Opfer von allen Außenkontakten isoliert, um besonders gut Kontrolle ausüben zu können. Mir fällt ein, dass eine Cousine von mir ebenfalls einen schlagenden Mann hatte, von dem sie jetzt, nach langem Hin und Her geschieden wurde. Woher kommt die Gewalt in dieser Familie?

Heute nacht träumte ich von meinem verheirateten Dauerfreund, den ich nach meiner Scheidung hatte und spürte nochmals dessen Energien. Erst im Traum bemerke ich, dass er ja auch despotisch war und mich telefonisch terrorisierte. War ich nicht gleich nach dem Büro, wo er mich angerufen hatte, telefonisch zu Hause zu erreichen, unterstellte er mir Treffen mit anderen Männern. Mir war damals schon klar, dass dieses Verhalten krankhaft ist, aber ich konnte mich nicht zu einem völligen Bruch mit ihm entschließen – der einzigen sinnvollen Lösung. Stattdessen hörte ich mir seine abstrusen Unterstellungen an, die er, wie alle Unterdrücker, aufgrund seiner vorhandenen Minderwertigkeitskomplexe mir gegenüber zusammenbastelte. Seltsamerweise fühlte ich mich anfangs fast geehrt, dass sich jemand so viel Gedanken um mich machte. Später erst bemerkte ich, dass dieses zwanghafte Denken um ein geliebtes Objekt und die Daueranrufe krankhaft waren und fast dazu führten, dass ich mich nicht mehr aus dem Haus traute, denn »er« könnte ja genau dann anrufen, wenn ich weg wäre. Genau das war auch der Zweck des krankhaften Gebarens. Bei Kristina dürfte es ähnlich sein, selbst astrologisch ergibt sich eine Ähnlichkeit mit meiner Situation vor fast zwanzig Jahren: sie hat jetzt, wie ich damals, Pluto auf Neptun. Diese Konstellation kann dazu führen, dass man Verbindungen eingeht, bei denen man keine klare Sicht der Dinge und der tatsächlichen Abläufe hat. Nie ist man eher bereit, sich vernebeln und täuschen zu lassen, dabei wähnt man sich im 7. Himmel und wäre fähig, alles hinzunehmen, damit der scheinbar so herrliche Zustand weiter anhält. Man glaubt, nicht aus der Situation herauszukommen, obwohl man nach und nach feststellen muss, dass sie einem nicht guttut. Langsam spürt man die Abhängigkeit von einem Mann, der versucht, in immer mehr Bereiche des Lebens einzudringen, man will ausbrechen, schafft es aber nicht, weil meist noch eine sexuelle Abhängigkeit dazukommt. Zwar fühlt man sich ausgesaugt von diesem Menschen, aber mit keinem ist es so schön wie mit ihm. Eine normale Beziehung ist nicht möglich, stets schwebt ein gewisser »Hype« in der Luft, Aufregung, Nervosität, Spannung, die der Verbindung eine ganz spezielle Einzigartigkeit geben. Dass sie von der Gemütslage eines seelisch kranken Menschen stammen, wird in Kauf genommen. Hauptsache, es ist nicht langweilig! Dieses Beziehungsschema habe ich auch gelebt, Kristina kann ich also keinen Vorwurf machen. Aus Angst, als doofe Hausfrau zu gelten, war ich, ebenso wie meine Tochter, für jede Abwechslung offen. Vielleicht ist es auch die Angst, langweilig und uninteressant zu wirken, die dazu führen, dass man als Frau Verständnis und ein offenes Herz und Haus für jeden schrägen Vogel zeigt. Auch ich war da immer sehr gebefreudig gegenüber denjenigen, die bereit waren, mit mir ihre Fantasien auszuleben. Sie durften kommen und gehen, wann sie wollten. Ich war für sie da. Vielleicht haben sie mich an meinen Vater erinnert, der nicht nur in der Realität sondern auch in Gedanken viel auf Reisen, abwesend von zuhause war. Instinktiv wollte ich wohl zu den Damen auf der Reiseroute gehören und nicht zu den langweiligen Ehefrauen, deren Los es war, zuhause die Koffer für die Reise zu packen und zu warten, bis der Unternehmungslustige wieder in den Hafen einläuft.

Samstag, 6. August – es ist unheimlich, wie synchron das Geschehen abläuft: heute kam ein Anruf des ehemaligen Lanzeitgeliebten. Donnerstag hatte ich erstmalig unsere Beziehung aufgrund der Geschehnisse um meine Tochter mit anderen Augen gesehen, zwei Tage später versucht er mich zu erreichen. Seltsam: »Hallo«, ich erkannte seine Stimme auf meinem Handy sofort und verspürte keinerlei Lust, mit ihm zu reden. »Hallo, hallo«, versuchte er es weiter. Ich sprach kein Wort und ließ das Handy an, während ich weiter meine Samstagsbesorgungen machte. Sollte er doch ordentlich Gebühren zahlen müssen. Es dauerte einige Zeit, bis am anderen Ende aufgelegt wurde. Mein erster Gedanke bei seinem Anruf war, mir eine neue Nummer zuzulegen. Jetzt glaube ich nicht, dass das nötig sein wird. Auch Kristina meldete sich telefonisch bei mir an diesem Tag. Mit völlig normaler Stimme kündigte sie an, nach Deutschland zurückfliegen zu wollen. Ich konnte ihr nicht glauben und verwies sie an die Deutsche Botschaft. Dort würde man ihr ohne Schwierigkeiten das Geld für die Heimreise vorstrecken, da sie mehrere Verwandte nennen könnte, die für sie bürgen und die Summe zurückzahlen könnten. Während unseres Gesprächs hatte ich das starke Gefühl, dass dieser Anruf von ihrem Freund gesteuert wurde, der auf diese Weise erneut versuchen wollte, an Geld ihrer Familie zu gelangen, die er in der jüngsten Vergangenheit bereits als ausgesprochen gebefreudig kennenlernen durfte. Ich sagte ihr offen, dass ich ihr nicht glaube, was sie mir erzählt. »Unser Vertrauensverhältnis ist zerstört, Kristina, ich möchte zunächst nicht mehr mit Dir reden. Mir ist es völlig unverständlich, wieso Du einem völlig Fremden erlaubst, Deine Mutter zu beschimpfen. Was hast Du ihm überhaupt für einen Mist erzählt? Wie kannst Du das alles zulassen? Wie kannst Du zulassen, dass er Dich prügelt? Du hast geboxt, schlag zurück. Wenn du eine Fremde wärst, würde ich nicht mehr mit Dir reden, so schockiert bin ich.«

»Ich bin aber Deine Tochter«, kommt die Antwort. »Ich weiß, aber ich brauche Zeit, um das alles einordnen zu können. Ich kann nicht nicht mehr, Kristina, lass' uns das Gespräch beenden.« Ich lege auf. Am nächsten Morgen finde ich eine SMS, die sie gleich nach unserem Gespräch abgeschickt hat: »Mama, schick' mir bitte meinen Ordner mit all meinen Unterlagen«, stand da. Brauchte man etwa einen dicken Ordner mit Schulzeugnissen und der Geburtsurkunde, wenn man angeblich zurück ins Heimatland wollte? Das war die Rache dafür, dass ich mich weigerte, erneut Geld zu überweisen. Sie wollte ihren durchgedrehten Freund heiraten. Ich verbrachte eine schlaflose Nacht von Sonntag auf Montag. Mitten in der Nacht wachte ich auf, hätte am liebsten laut geschrien, so sehr tat mir der Hass im Herzen weh, den ich in den Beleidigungen des australischen Proleten hören konnte. Wut auf Kristina kam hoch, gleichzeitig aber auf Wut auf mich selber, weil ich ihr gegenüber immer Schuldgefühle hatte. Es begann, als ich mich vom Vater der Kinder trennte. Natürlich litten sie, und es nutzte wenig, dass ich mir alle Mühe gab, ihnen Abwechslung zu bieten. Meine Schuldgefühle hielten an, als ich dann Jahre später die gemeinsame Wohnung verließ, um in der Nähe meines Freundes zu wohnen. Kristina blieb noch sechs Jahre in der großen Wohnung, die sie untervermietete, und ich fühlte mich dann verpflichtet, dafür zu sorgen, dass sie die Kaution beim Auszug erhielt. Ich hasste mich für meine Schuldgefühle, deshalb drängte ich nicht darauf, dass Kristina bis zu ihrem Abitur in eine kleinere Wohnung zieht, bei der auch der ständige Papierkrieg mit den wechselnden Untermietern nicht angefallen wäre. Nein, ich wollte dem Kind helfen, das viel zu große Zuhause zu halten. Schließlich hatte sie wegen meiner Konsequenz den Vater verloren, deshalb wollte ich sie nicht noch ihrer gewohnten Umgebung berauben. Immer habe ich versucht, anders als die verkrampften, überbesorgten Mütter um mich herum zu sein. Jetzt stelle ich fest, dass ich genau die Eigenschaft habe, über die alle Mütter im Übermaß verfügen:

Schuldgefühle. Irgendetwas muss ich tun, obwohl ich vernünftig sein und abwarten sollte, aber ich bin auch nur ein Mensch. Folgende Mail geht deshalb an meine Tochter: »Kristina, es ist unfassbar für mich, dass Du es zulassen konntest, dass ich so beleidigt werde, und dass Du dich nach diesem unverschämten Verhalten dieses »Freundes« überhaupt nicht bei mir meldest. Was ist los? Was passiert da? Für mich waren diese Beleidigungen der Dolchstoß, das musste ich Dir jetzt schreiben, von der Mutterrolle hab ich vorerst mal genug. Sei Dir im Klaren darüber, dass wir uns erst wieder sprechen werden, nachdem Du eine komplette Entgiftung absolviert und 60 Stunden Gesprächstherapie hinter dir hast. Nachdem Du jetzt im Auftrag Deines Typen auch noch meine alten Verwandten angerufen hast, um Geld zu bekommen, schlage ich zur Abarbeitung dieses Karmas eine Ausbildung zur Altenpflegerin vor. Dann brauchst du auch niemanden mehr anzupumpen. Komm nicht auf die Idee, mit dem Schläger einzureisen; er wird nicht über die Grenze kommen. Das war meine letzte Mail, keine Bange, brauchst Deinen Schläger nicht mehr anrufen zu lassen. Ganz sicher werde ich dich nicht mehr belästigen. Daniela«

Dienstag, 22. August 2006. »Wieso habe ich so extreme emotionale Erfahrungen mit einigen Menschen, die mir nahe stehen?«, frage ich Philipp. »Vielleicht bekommen wir so die Gelegenheit, loszulassen. Irgendwann bei früheren Ereignissen konnten wir das nicht, und jetzt geschehen Dinge, die uns dazu zwingen. Der kranke Michael kann nicht mehr dein Vater sein, und Kristina kann nicht mehr die Tochter sein, die du gerne hättest. Das sind alles Loslösungen.«

Fast vier Wochen nach dem Schockanruf schaffe ich es immer noch nicht, durchzuschlafen. Mitten in der Nacht wache ich auf. Derzeit kann ich nicht den Hass abschütteln, der mir da über zwanzigtausend Kilometer Entfernung hinweg entgegen geschrien wurde.«Wieso nehmen Sie sich die Beleidigungen eines Menschen so zu Herzen, den Sie nicht kennen?«, fragt mich meine Therapeutin, die ich in meiner Verzweiflung aufsuche. Nein, es sind nicht die Beleidigungen, die mich so sehr aufwühlen. Es ist meine Schwierigkeit, mich damit abzufinden, dass sich Kristina von einem Mann so demütigen lässt. In der Nacht wache ich wieder auf und mir fällt die Parallele ein zu den Ereignissen mit den Eltern: Meiner Mutter wollte ich auch immer helfen, zu erkennen, dass sie ihr Leben nicht lebt. Als Teenager hatte ich entsetzliche Auseinandersetzungen mit dem Vater, die sie nie hatte. Stets war ich der Helfer für Frauen, die Durchsetzungsschwierigkeiten hatten. Nun bin ich dazu gezwungen, bei der eigenen Tochter abzuwarten, bis diese sich wieder ihrer Individualität besinnt. Schluss mit der Helferrolle – das ist wohl das Thema für mich. Kristofer schreibt mir eine Mail. Ihm hatte ich eine Kopie des Schreibens an seine Schwester geschickt. »Hallo Mum, ich muss zugeben, ich habe große Schwierigkeiten, die heftigen Lügereien Kristinas hinzunehmen, aber ich will die Hoffnung nicht aufgeben, dass sie sich eines Tages besinnen wird. Die Idee mit der Altenpflegerin ist super, typisch Mum, ich musste lachen, wenn es nicht gerade zum Heulen wäre, was sie da abliefert.« Kristofers Mail hilft mir sehr. Wenigstens ist da noch ein Kind, mit dem ich Kontakt halten kann. Er hat sich gerade von seiner Freundin Jana getrennt und schildert mir, dass er oft große Sehnsucht nach Zweisamkeit hat, aber auch gerade sehr froh ist, seine Zukunftsentscheidungen unabhängig treffen zu können.

# Liebe

Sehnsucht nach Zweisamkeit. Kristofers Mail macht mir schlagartig klar, welch großes Glück ich habe: Philipp. Im Herbst wollte ich für zwei Wochen nach Göteborg fahren, ein wenig abtauchen, schreiben, frische Luft spüren nach diesem heißen und anstrengenden Sommer. Philipp hätte nicht mitkommen können, er hält Seminare. Plötzlich wird mir klar, dass ich ohne ihn die Ruhe gar nicht genießen könnte – an zwei Wochenenden wäre ich nicht bei ihm gewesen. Viel zu lange, beschließe ich spontan, als ich im Cafe sitze, wo ich Kristofers Mail gelesen hatte. Ich schreibe Philipp ein paar Zeilen, die ich ihm nachher in seinen Briefkasten werfen will: »Süßer Geliebter, gerade habe ich festgestellt, dass ich ohne Dich nicht fahren kann. Ich vermisse Dich nämlich jetzt schon gaaaaaaanz furchtbar und fühle mich einsam. Auf Einsamkeit habe ich keine Lust mehr, das hatte ich lange genug. Ich freue mich schon total auf Dich, wenn wir uns morgen sehen. Ich küsse Dich, Daniela«

Wie sehr ich Philipp vermisst hätte, wird mir erst heute klar. Der Tag kommt mir nämlich vor wie ein endlos langes Wochenende ohne den Liebsten. Wie hätte ich also vierzehn Tage überstehen sollen noch dazu in einer herrlichen Gegend, wo ich ständig an ihn gedacht hätte? Jetzt habe ich den Flug schon gebucht und bezahlt, morgen werde ich fragen, ob es bei Storno vielleicht ein bisschen Geld zurück gibt. Bei einem Billigflug ist es eigentlich nicht möglich, und letztendlich ist es mir auch egal. Wichtig ist, dass ich bei meinem Geliebten bleibe. Ah, ich liebe ihn so sehr! Ich habe starke Empfindungen in dieser seltsamen Zeit, komme mir wie neugeboren vor, so, als ob mein Panzerglas um mich herum plötzlich zusammengebrochen wäre. Das Leben erscheint mir kostbar und neu. Nichts ist selbstverständlich. Meine Instrumente sind für mich ein Geschenk, ebenso, dass ich mich nicht zwingen muss, Yoga zu machen sondern jeden Tag einfach meine Stunde für mich absolviere. Das tut mir so gut. Ich genieße es, dass ich frei entscheiden kann, nicht zu fahren. Ich eigne mich nicht für längere Abwesenheit von meinem Liebsten. Am nächsten Tag treffe ich Philipp, der sich riesig über meine Mitteilung gefreut hat. »Du bleibst aber nicht nur wegen mir hier, das möchte ich nicht. Jeder von uns soll frei entscheiden können, was er machen möchte. Wenn du das Bedürfnis hast zu fahren, dann möchte ich, dass du es tust.«

»Ich bleibe hier, weil mein Herz das will. Ich habe keine Lust auf tagelange Sehnsuchtsgefühle. Wie ich dir schon geschrieben habe, ich war lange genug einsam«, antworte ich. Wir stellen fest, dass wir Lust haben, gemeinsam zu verreisen. Spontan landen wir eine halbe Stunde später im Reisebüro, wo uns eine freundliche Mitarbeiterin Malta empfiehlt: »Dort können sie preiswert Urlaub machen, der Euro ist dort noch nicht eingeführt«,meint sie. Also auf nach Malta vom 11. -25. Oktober. Ich freue mich riesig darauf. Am Abend gelingt es mir nicht, meine gute Stimmung zu halten. Wie eine Welle kommen die Beleidigungen des Australiers wieder, das Gefühl des Verratenseins, weil ich mir vorstelle, was Kristina da wohl über mich erzählt haben muss. Ich ärgere mich über meine Gedanken. Ich weiß nicht, was genau zwischen meiner Tochter und Steve vorgegangen ist. Vielleicht hat der Australier ja alles völlig verdreht, was Kristina ihm erzählt hat, um sie von ihrer Familie abzuspalten und völlige Kontrolle ausüben zu können. Irgendwo habe ich gelesen, dass Psychopathen das so machen: zuerst wird das Opfer von Familie und Freunden getrennt, dann haben sie leichtes Spiel, weil alle Vertrauenspersonen ausgeschaltet sind. Dazu passt ja auch, dass Kristina den Kontakt zu ihren deutschen Freunden abgebrochen hat. Um aus meinem negativen Gedankenkreislauf herauszufinden, male ich Mandalas. Die bunten Farben heben meine Stimmung. Vor dem Einschlafen mache ich Yoga. Der Schulterstand, eine Art Kerze, hilft auch immer. Durch die Stimulation der Schilddrüse wirkt er beruhigend. Mittlerweile habe ich meine Mittel, um mich durch emotional schwierige Zeiten manövrieren zu können. Ich schlafe durch, ein Gradmesser für mich, inwieweit es mir gelingt, mich vom Außen und den derzeitigen emotionalen Belastungen, abzugrenzen.

Samstag, 26. August: wie eine Tote habe ich geschlafen, wache mit ruhigerem Herzen auf als gestern abend, was mich sehr erleichtert. Ich habe eine Begebenheit aus meiner Schulzeit geträumt:

*Meine beste Freundin Brigitte und ich kommen von der Abiturfahrt zurück: eine Woche waren wir mit der Klasse in Rom. Am Bahnhof steht Brigittes Mutter, ängstlich und aufgeregt. Sie stürmt auf uns zu, packt ihre Tochter an der Hand: »Brigitte, mach das bitte nie wieder.« Wie sich erst jetzt herausstellt, hat Brigitte ihrer Mutter nicht erzählt, wann wir genau zurückkommen. Sie hat sich auch gar nicht von ihr verabschiedet sondern ist einfach nach einem Streit von zuhause weg, hat noch zwei Tage bei ihrem Freund zugebracht und ist dann zur Klassenfahrt aufgebrochen. Brigittes Mutter musste sich bei der Schule über den Ablauf der Abiturfahrt informieren und hatte sich große Sorgen um die Tochter gemacht. Brigitte hatte mir die ganze Woche nichts davon erzählt, dass sie ohne Abschied von zuhause losgezogen war, obwohl wir die ganze Zeit in Rom zusammen verbrachten. Ich war erschrocken, denn so aufgelöst wie am Bahnhof hatte ich ihre Mutter, die liebe, charmante Frau Kammann bisher nie gesehen. Sie war in einer Woche Dauersorge um ihre Tochter gewesen.*

Zehn Jahre später treffe ich Brigittes Mutter wieder, an Paulas 65. Geburtstag. In der Kleinstadt treffen sich alle, die im selben Jahr geboren sind, um zusammen zu feiern. Frau Kammann ist so alt wie meine Mutter und mit ihrem Ehemann beim Fest. Als sie mich sieht, spricht sie mich sofort an: »Daniela, kennst Du vielleicht Brigittes Anschrift? Sie meldet sich nicht mehr bei uns und ich möchte sie so gerne wieder sehen. Ich weiß gar nicht, wo sie wohnt.« Ihrem Gatten ist es sichtlich peinlich, dass seine Frau sich bei anderen Menschen nach der Tochter erkundigen muss. Ich bin froh, dass ich trotz des schwierigen Verhältnisses zu meinen Eltern unsere Fassade aufrechterhalten kann. Genau das ist es, was Michael, Paula und mich damals und heute noch verbindet: Wir haben alle ein Interesse daran, anderen noch etwas vorzuspielen. Glückliche Familie! Paula dürfte nie bei einem Fest in der Öffentlichkeit nach meiner Anschrift fragen. Sie würde das auch nicht machen, schon um Michael nicht zu verärgern. Hätten die beiden keinen Kontakt mehr zu mir, dann würde nach außen gegenüber Stillschweigen bewahrt.

Kristinas Verhalten erscheint mir jetzt nach dieser Erinnerung, fast verständlich: Für sie war es Zeit, sich von der Mutter abzulösen. Als sie noch in Deutschland war, haben wir das nicht geschafft. Wir hatten keinen Streit, es gab keine Auseinandersetzungen. Also musste die Loslösung zwangsläufig über den »bösen Mann« erfolgen. Wer sagt, dass Kinder zu allen Zeiten einen guten Kontakt mit ihren Eltern haben müssen? Brigitte, meine Schulfreundin, ist 37 Jahre alt und hat offensichtlich keine Verbindung mehr mit ihnen. Auch das gibt es. Ich habe mich bisher selber offensichtlich unter Druck gesetzt, schon weil ich den Kindern die Großeltern nicht wegnehmen wollte. Aber da die Kinder erwachsen sind, darf ich mir die Erlaubnis geben, auch meine Eltern loszulassen.

*4. Juni 1989 – Sommersonntagnachmittag auf dem Balkon. Kristina sitzt auf dem Boden. Ihr hübsches Gesichtchen schaut strahlend zu mir hoch. Von oben beuge ich mich herunter und gebe meinem süßen Töchterlein einen Kuss mitten auf den Mund.*

Abends betrachte ich dieses Foto. Mit einer sechsjährigen Tochter gibt es noch keine Probleme. Gerne trug sie die buntesten Spangen in den Haaren, kombinierte die weiten Hosen des Bruders lässig mit bunten Shirts in allen Farben. »Niedlich«, oder »ach, wie süß«, lauteten die Kommentare der Umwelt, wenn ich mit ihr auftauchte. Das Foto müsste Kristofer gemacht haben. Ob er eifersüchtig war? Viele Jahre später habe ich ihn gefragt, ob er sich zurückgesetzt fühlte. »Ach, weißt Du, manchmal hätte ich mir schon gewünscht, dass Du mich öfter umarmst«, bekam ich zur Antwort. Schuldgefühle bei mir. Vielleicht ist die Situation jetzt auch ein Ausgleich für ihn, bekommt er doch die gesamte Aufmerksamkeit und muss sie nicht, wie all die Jahre zuvor mit der Schwester teilen. Er telefoniert oft mit seinem Vater, der freut sich über den Kontakt zu seinem erwachsenen Sohn.

Sonntag, 3. September 2006 – Gerade stecke ich die letzten, hier in Deutschland zurückgelassenen Papiere Kristinas in einen Umschlag. Ich bin keine Göttin, deshalb ist eine Kopie der Mail dabei, die ich vor kurzem an sie geschickt habe. Handschriftlich habe ich hinzugefügt, dass ich Ruhe brauche. Für »Verräterin« und »Falsche Schlange« habe ich auch noch Platz gefunden. Wie gesagt, ich bin keine Göttin, kein Übermensch. Vorgestern rief sie nochmals bei Philipp an: »Ich erreiche Mama nicht und brauche unbedingt den Ordner mit meinen Unterlagen.« Tja, sie will wohl wirklich diesen verrückten Australier heiraten. Ich habe es geahnt; schon in den letzten Tagen habe ich die wichtigsten Dokumente zusammengesucht. Natürlich könnte ich sagen, ich finde sie nicht mehr, aber was würde das bringen? Notfalls kann sie ihre Geburtsurkunde von Australien aus anfordern. Außerdem soll sie ihr eigenes Leben führen, mit dem ich nichts mehr zu tun haben will. Ich bin zu verletzt, zu durcheinander, fasse es immer noch nicht, wie meine selbständig erzogene, so selbstsicher wirkende Tochter, sich völlig freiwillig einem irren Despoten unterordnet. Einer meiner schlimmsten Alpträume ist wahr geworden. Um mich zu beruhigen, mache ich Yoga. Anschließend bin ich von so starken Liebesgefühlen für Kristina erfüllt, dass ich beinahe noch einen Zettel in den Umschlag mit den Unterlagen gelegt hätte: die Zeit mit Dir war schön. Es ist aber dafür zu früh. Sie muss sich erst ablösen.

Donnerstag, 7. September – Paulas 72. Geburtstag. Ein Anruf muss genügen; dieses Jahr beansprucht mich die Familie ohnehin sehr stark. Schwach und ausgelaugt fühle ich mich. »Weißt du, wir machen einfach langsam«, erzählt sie. »Dein Vater zieht sich jeden Tag ordentlich an, macht Frühstück, aber er wird halt auch schnell müde, und ich bin nicht immer geduldig, hab' ihn deswegen sogar schon angeschrien. Heute bin ich froh, dass Besuch da ist. Seine Krankheit ist sein Lieblingsthema, und ich kann nicht immer zuhören. Heute ist meine Freundin da, da kann er sich unterhalten. Beim Schwimmen habe ich jetzt eine ganz nette Frau getroffen. Deren Mann hatte Alzheimer, das ist noch furchtbarer, als das, was ich gerade erlebe. Nachts hat der Mann alle Schränke im Haus ausgeräumt, und bis sie wach geworden ist, lag alles auf dem Boden. Nächsten Dienstag kommt sie wieder ins Hallenbad, da freue ich mich jetzt schon darauf. Es tut mir gut, mit jemandem zu reden, der ähnliches erlebt hat.« Ich höre zu, beruhige sie, dass es völlig normal ist, wenn sie von Zeit zu Zeit die Geduld verliert mit ihrem rekonvaleszenten Mann. »Weißt du«, fährt sie munter fort zu plaudern, froh, einen Gesprächspartner zu haben, »die Leute sind so mit ihren eigenen Krankheiten beschäftigt, da will keiner wissen, wie es dem anderen geht. Ich erzähle jemandem, dass mein Mann einen Tumor hat, und die Antwort ist dann ›ja, ich hab' nächste Woche meine Knieoperation.‹« Auch auf diese Erfahrung hin finde ich beschwichtigende Worte. ›Menschen sind eben so, jeder ist mit sich selbst beschäftigt‹, fällt mir ein. Paula stellt an anderen Menschen die Eigenschaft fest, die sie selbst hat.

*6. Oktober 1997 – mein 38. Geburtstag. Auf dem Foto bin ich inmitten lachender Menschen zu sehen. Gerade mache ich einen Astrologiekurs, der uns allen, einer bunt zusammengewürfelten Gruppe Männer und Frauen zwischen 20 und 65 Jahren, viele neue Erkenntnisse vermittelt. Wir machen eine Intensivwoche in einem Gasthaus auf der Schwäbischen Alb, 30 Kilometer vom Wohnort meiner Eltern entfernt. Am Morgen hat mich die Gruppe in ihre Mitte genommen, mich auf einen Stuhl gesetzt und mir ein Ständchen gebracht: »Hoch soll sie leben!«. Ich fühlte mich wie eine 80-jährige Jubilarin, die geehrt wird. Nur Michael und Paula lassen an meinem Geburtstag nichts von sich hören. Schon von zuhause hatte ich ihnen die Telefonnummer des Hotels gegeben, und wir hatten vereinbart, dass sie mich am Nachmittag dort besuchen kommen. Vorher würden sie aber nochmals anrufen. Im Hotel hätten wir Kaffee und Kuchen bekommen, wir hätten Zeit gehabt zu reden, Zeit für einen schönen Spaziergang. Eine halbe Stunde dauert es mit dem Auto von den Eltern hierher. Öffentliche Verkehrsmittel gibt es wenig auf der Alb, ich hätte daher schlecht zu ihnen gelangen können, weil ich kein Auto mehr habe. Bis Mittag höre ich nichts von den beiden, an der Rezeption liegt keine Nachricht vor. Ich rufe bei den Eltern an. »Wir machen keine so langen Fahrten«, bekomme ich von Michael zu hören. Die Eltern sind in diesem Jahr 61 und 67 Jahre alt, besitzen zwei Autos, ein neuer BMW wurde gerade gekauft. »Das geht nicht, dass wir kommen.« Einen Glückwunsch zum Geburtstag vergisst er* und legt auf, weil ich daraufhin auch nichts mehr zu sagen weiß. Die Astrologiegruppe lenkt mich ab, führt mich ins nahegelegene Städtchen aus, lädt mich ein und feiert auch noch abends mit mir, aber ich schaffe es nicht, meine riesige Enttäuschung über das Verhalten meiner Eltern zu vergessen. Den ganzen Tag begleitet sie mich wie eine schwarzgiftige Wolke. Wie kann mein Vater so etwas Unsinniges sagen? Wieso hat sich meine Mutter nicht in ihr eigenes Auto gesetzt und ist gekommen? Das Treffen mit mir wäre doch eine schöne Abwechslung für sie gewesen, unkompliziert vor allem, weil ich doch ganz in der Nähe bin. Seltsames Verhalten und herabwürdigende Äußerungen bin ich seit vielen Jahren von Seiten der Eltern gewohnt. Irgendwie habe ich mich damit arrangiert. Aber dieses Mal ist etwas anders: ich bin tief getroffen von der Lieblosigkeit. Mein Schutzschild, das ich in langen Jahren um mich errichtet hatte, funktioniert nicht mehr. Ich bin wieder verwundbar. Diese Worte tun weh. So weh, dass ich abends alles daransetze, ihre Wirkung auf mich loszuwerden. Ich will mich nie wieder so beschmutzt fühlen wie an diesem Geburtstag. Nachdem alle ins Bett gegangen sind, verbrenne ich ein riesiges Stück Karton auf dem Wiesengrundstück hinter dem Hotel und hoffe, dass niemand mein Feuerchen bemerkt. All meine Empfindungen habe ich auf dem Stück Pappe notiert, die mich den gesamten Tag begleitet und mich an all die Vorfälle erinnert haben, an denen ich mich ebenso verletzt und lieblos behandelt fühlte. Es gibt nur einen Grund, warum man die Tochter an ihrem Geburtstag nicht besucht, wenn sie 30 Kilometer entfernt ist: sie ist einem scheißegal. Vielleicht gelingt es mir endlich einmal, diese Erkenntnis zu akzeptieren. Es ist unglaublich schwer – Michaels Absage hat mich so unerwartet getroffen. So sicher war ich mir, dass die beiden kommen würden, so bequem wäre es für sie gewesen. Normalerweise trennen uns über vier Stunden Autofahrt und jetzt wäre es eine halbe Stunde gewesen. Sie haben zwei Autos! Ich fasse es einfach nicht! Wie oft bin ich mit den kleinen Kindern *insgesamt neun Stunden gefahren, um die Eltern zu besuchen, als ich noch ein Auto hatte! In der Geburtstagsnacht beschließe ich, Michael und Paula in meinem Leben keinerlei Macht mehr über mein Wohlergehen einzuräumen. Die heutigen Gefühlsabgründe möchte ich nicht mehr erleben. Als ich am Morgen aufwache, ist ein großer Riss in der Zimmerwand zu sehen: Nachts war ein Erdbeben, das wird später auch im Radio gemeldet. Mich wundert es nicht, dass sich mein innerliches Beben im Äußeren gespiegelt hat. Meine Enttäuschung war abgrundtief.*

Nach dem Telefonat mit Paula habe ich keine Lust, mich gleich wieder an den Computer zu setzen. Stattdessen nehme ich die Straßenbahn zur Musikhochschule, dort ist gerade ein Gesangswettbewerb. Da noch Zeit bis zum Beginn ist, setze ich mich draußen in die Sonne. Eine Frau spricht mich an, wenig älter als ich. Sie erzählt unaufgefordert, dass sie bisher bei jedem Vorsingen anwesend war und wie wichtig Singen für sie wäre. »Dann haben sie es sicher auch einmal selbst probiert?«, frage ich. »Nein, nein, das kam nie in Frage! Ich habe überhaupt keine Stimme.« Das ist die typische Antwort, wenn es an Mut fehlt, seine Leidenschaften zu leben. Ich schaue zweifelnd, deshalb führt sie sofort ihren stressigen Beruf als Begründung an, dass es mit der eigenen Kreativität nicht geklappt hat. »Ich habe immer neben dem Beruf gemalt oder musiziert«, wage ich zu sagen. »Sicher war er dann nicht so anstrengend«, kommt gleich die Antwort. »Da mögen sie recht haben«, sage ich. »ganztags zu arbeiten und alleine zwei kleine Kinder alleine großzuziehen war sicherlich nicht so nervenaufreibend wie Ihr Leben.« Mir reicht es mit der Frau, die mich völlig an meine Mutter erinnert: Nur ihr Leben war anstrengend, was andere erleben, zählt nicht. Sie musste auf alles verzichten, der Rest der Menschheit hat natürlich das große Los gezogen. Das ist Paulas Einstellung und offensichtlich auch die der vermeintlichen Gesangskennerin, die mich jetzt sogar auf die Toilette der Hochschule verfolgt. Während ich mir die Hände dort wasche, erzählt sie mir weiter von ihren passiven Erfahrungen mit Gesangswettbewerben. Lächelnd und wortlos schaue ich durch sie hindurch. Zwischenzeitlich bin ich seltsame Vorkommnisse gewohnt, nachdem ich mit meiner Mutter telefoniert habe. Wenn es abends war, träumte ich oft von aggressiven Männern, die mich verfolgten und gegen die ich mich zur Wehr setzen musste. Jetzt, so scheint es, geschehen reale Ereignisse, die mich an Paulas Energien erinnern, gleich anschließend an unsere Telefonate. Die Wichtigtuerei dieser Frau in der Hochschule, die offensichtlich überhaupt keine Erfahrungen mit dem Singen hat, regt mich nicht auf. Sie ist mir sehr bekannt. Als sie dann allerdings zu ihrer Kritik an einer schwarzen Sängerin ansetzt und als einziges Kriterium deren »dicken Arsch« erwähnt, unterbreche ich sie mit der Frage, ob sie denn selbst schon einmal in den Spiegel geschaut habe. Ihre Augen sind ein großes Fragezeichen. »Wissen Sie«, sage ich leichthin, »mir fällt immer wieder auf, dass genau die hässlichsten und unattraktivsten Frauen die bösesten Bemerkungen über andere Menschen machen. Sicher können Sie mir sagen, woran das liegt?« Fluchtartig verlässt sie endlich die Toilette. Ich musste so deutlich werden. Jahrelang, als ich noch ein paar Kilos mehr hatte, gab es von Paula herabsetzende Kommentare zu meinen verschiedensten Körperteilen. Ich habe mir deshalb vorgenommen, fortan immer deutliche Worte zu wählen und nie wieder abschätzige Bemerkungen über Menschen zu dulden. Mit dem Wettbewerb scheine ich anschließend jedenfalls Glück zu haben. Nach zwei eher langweiligen Koreanern singt eine Israelin und legt mit russischem Timbre – vielleicht die Vorfahren? – eine geballte Ladung Carmen hin. Nicht zu schwülstig, aber mit enormem Stimmvolumen. Genau die richtige Energie, um mich hinterher wieder beflügelt an den

Schreibtisch zu führen. Abends lese ich in meinem Tagebuch über die Anfangszeit mit Philipp:

*25. März 2000: Ich liebe ihn so sehr, kann mir nie und nimmer ein Leben ohne ihn vorstellen. Im positiven Sinn bin ich ihm hörig, ein Thema, das mich schon zeit meines Lebens begleitet. Habe ich den Zustand nicht, die Sucht, den Rausch, bin ich auf der Suche danach.*

Ich muss an den langjährigen Freund nach der Trennung von meinem Ehemann denken. Auf der Suche nach Geborgenheit verliebte ich mich in den Vater-Ersatz. Gunter war 25 Jahre älter als ich, verheiratet und ausgestattet mit diesem »Du-bist-die-Welt-für-mich-Charme« aller langjährig verheirateten Männer, mit dem sie ihren Geliebten »Nur-Du-kannst-mich-retten« vermitteln. Mit ihm traf ich mich fast zehn Jahre. Erst jetzt, nach den Ereignissen mit Kristina, wird mir klar, wie despotisch und egoistisch dieser Mann war. Ich beginne, ihr Verhalten unter einem anderen Gesichtspunkt zu sehen und frage mich, ob vielleicht eine familiäre Disposition zum gewaltbereiten Mann in der Familie vorliegt, die ich ihr vielleicht unterbewusst weitergegeben habe.

*Mai 1992 Mit Gunter war ich heute in Sachsenhausen in einem Weinlokal. Ich bin völlig konsterniert, als er plötzlich sagt: »Das nächste Mal hau' ich Dir eine runter.« Zuerst verstehe ich überhaupt nicht, wieso er diese Androhung macht. Dann wird mir klar, dass ihn mein völlig harmloses Geplänkel mit dem Ober gestört hat. Er ist wütend, dass ich in seiner Anwesenheit ein paar Worte mit einem Mann gewechselt habe. Aufmerksamkeit, die ihm zusteht, seiner Meinung nach. Ohnehin ist er schon gereizt, weil sich beim Betreten des Lokals Blicke auf uns gerichtet haben, dabei schaut in einem Lokal jeder, wenn neue Leute hereinkom-*

*men. Er war der Ansicht, die Blicke gelten mir. Letzte Woche genau dasselbe Verhalten bei ihm, als wir zusammen in einem Autohaus waren: »Alle schauen Dich an«, meinte er aufgebracht. Derartige Vorfälle häufen sich und sein Verhalten beginnt mich zu langweilen. Anfangs hat es ja geschmeichelt, ich gebe es zu, wenn einem immer jemand einflüstern will, man sei so wichtig, dass alle anderen herschauen. Letztendlich ist es krank, ich fange schon an zu hoffen, dass niemand herschaut, wenn ich mit ihm zusammen bin, weil es sonst anschließend Ärger gibt. Jetzt schon ahne ich, dass ich irgendwann froh sein werde, diesen aggressiven, lebensverneinenden Typen loszuwerden. Man kann ihn wahrhaft nur im stillen Kämmerlein genießen; dort sieht er ja keine Konkurrenten. Für draußen hat dieser Mann zu viele Komplexe. Ich kann gar nicht verstehen, wieso ich ihn anfangs so vergöttert habe.*

»Er, mein Gott«, stand auch in einem der Tagebücher, die mir Kristina aus Australien zur Aufbewahrung geschickt hatte und deren Zusendung ich als Aufforderung zum Lesen auffasste. Sicher hätte ich nie meiner Mutter Tagebücher von mir zugesandt. Kristinas Zusendung sah mir auch ein wenig nach Rache aus: Siehst Du, ich habe durchaus einen neuen »Gott« nach Dir gefunden. In einem meiner Kalender fand ich vor Jahren meinen Geburtstag mit einem Herz ummalt und die Worte »Ich, der Gott«, in Kristinas Handschrift hinzugefügt. Seltsam fand ich es, dass sie mich göttergleich sah, darauf angesprochen habe ich sie nie, Gedanken mache ich mir erst jetzt. Habe ich ihr diese Verherrlichung des Männlichen weitergegeben? Als ich mit den Kindern zusammenlebte, sah sie als kleines Mädchen sehr die männlichen Eigenschaften, die ich als Alleinerziehende entwickeln musste: Durchsetzungsfähigkeit und Standfestigkeit waren gefordert, vor allem auch in meinem damaligen Beruf. Von Frauen hatte auch ich bereits als Teenager ein wenig nachahmungswertes Bild. In meinen

Augen machten sie sich kleiner als sie waren, nur um einem Mann zu gefallen oder ihn halten zu können. Das hatte ich bei meiner Mutter gesehen, die alles tat, um ihren so erfolgreichen Geschäftsmann nicht zu verlieren. Jetzt erlebe ich es bei meiner Tochter, die es derzeit zulässt, dass ihr Freund sie selbst und ihre Familie terrorisiert. Irgendwann hatte ich mir in mein Tagebuch notiert, dass Frauen, die häusliche Gewalt erleben, ihr Bild als Opfer über ein spezifisch dynamisches Bewusstsein unterbewusst an ihre Töchter weitergeben, und diese dann dasselbe Schicksal wie die Mütter ereilt. Welches »Gewalt-Gen« der Sippe hatte ich meiner Tochter vererbt? Kristina hat früher geboxt, jetzt lässt sie sich schlagen. Warum?

Als ich Kind war, drehte sich alles nur um den Vater und dessen Tagesablauf. War er wochenlang auf Geschäftsreise, lagen wir zuhause »auf Eis«, bis er zurückkam. Wären die Geschwister meiner Mutter nicht gewesen, die uns zu Wochenendausflügen abholten, hätten wir wochenlang die Samstage und Sonntage zuhause verbracht. In anderen Familien wird auf dem Tisch getanzt, wenn der Herr des Hauses fern der Heimat weilt; wir verhielten uns so, als sei er gestorben. Sicher war diese Verhaltensweise auch auf Paulas unterbewusste Abläufe zurückzuführen: jeder Abschied musste sie an das Verlassenwerden durch die Mutter erinnern, das sie nie aufgearbeitet hat. Als Kind litt ich mit, wenn »er« nicht da war. Wenn Michaels Geschäftsfreunde zu Besuch kamen, wurden wir Kinder fast protokollarisch instruiert, über welche Themen unbesorgt geredet werden konnte und wie wir uns zu verhalten hatten. Paula hatte gar keine Freundinnen, die zu Besuch kamen. Ich brachte als Teenager nur wenige mit, weil ich mich mit ihnen im Hause meiner Eltern nicht wohl fühlte. Das war nicht mein Zuhause sondern seines. Die vermeintlich ›Göttergleichen‹ sind mir also nicht fremd. Anbetung habe ich durch Paulas Verhalten gegenüber ihrem Mann erlebt. Ist die unberechtigte

Verherrlichung der Männer etwa das gemeinsame Thema beim Verlust der Lebenskräfte meines Vaters und den Erfahrungen, die Kristina gerade macht? Ist es die Erkenntnis, dass wir alle die vermeintlich Göttergleichen irgendwann vom Sockel stürzen müssen, um in uns selber das Göttliche, unsere Seele, den Buddha finden zu können?

Abends bin ich wieder meinen selbstquälerischen Gedanken ausgesetzt: Fühlte Kristina sich in der Kindheit zu wenig geliebt? Ich habe mich immer bemüht, ihr Zuspruch zu geben, Mut zu machen, hatte ich doch Angst, dass sie sich irgendwann verzweifelt fühlen und dieselbe vermeintliche Lösung wie ihre Urgroßmutter wählen könnte: Suizid. Gleichzeitig war das Gefühl bei mir, ich könnte ihr nicht genug Liebe geben; bei ihr spürte ich eine große innere Bedürftigkeit, die mich lange in der Mutterrolle hielt. Bis sie siebzehn war, hielten wir zusammen Mittagsschlaf; eine Ablösung, verbunden mit Auseinandersetzung, Tränen, Abgrenzung, fand bei uns nicht statt. Dann fällt mir ein, dass auch ich, 23 – jährig wie Kristina, eine traumatische Erfahrung hatte. In der Zeit, als ich am liebsten sofort aus der Ehe ausgestiegen wäre, aber Angst davor hatte, verunglückte ich mit dem Auto. Dank tausender Schutzengel passierte mir fast nichts. Der Unfalltag war der Todestag meiner Großmutter, wie ich Jahre danach feststellte. Demnach gibt es ein »Befreiungsgen« der Frauen in der Sippe: mit Gewalt, sei es durch einen Suizid, einen Autounfall oder durch einen aggressiven Mann wollen sie aus der Partnerschaft ausbrechen. Jeder Psychologe würde jetzt sagen: Das wäre nicht notwendig, wenn die Frauen sich eher Freiräume schaffen würden, dann könnte der explodierende, alles zerstörende Ausbruch unterbleiben: sie hätten eine Partnerschaft und würden sich nicht eingeengt fühlen. Bisher, so scheint es, bin ich die einzige, die es auf diese Weise versucht. Meine Tochter hat derzeit noch die Vorgehensweise ihrer Großmutter übernommen, alles in sich hineinzufressen, und erst, wenn es gar nicht mehr anders geht, zu explodieren. Eine selbstzerstörerische Verhaltensweise.

13. September 2006 – Ich mache mir große Sorgen um Kristina und konnte deswegen die ganze Nacht nicht schlafen. Ich habe Angst, dass der Australier sie töten wird; die Killeraggression habe ich aus seinen Beleidigungen am Telefon herausgehört. Wir können von hier aus wenig tun; vor allem wird es wenig nutzen, die australische Polizei zu informieren. Wir kennen nicht einmal den Nachnamen des Verrückten und haben keine Ahnung von der aktuellen Anschrift der beiden. Wenn, dann muss Kristina tätig werden und sich an die Behörden wenden. Wird meine Tochter überleben? Meine Gedanken gehen zurück an die Zeit, bevor sie Deutschland verließ: Als ich Philipp, meinen jetzigen Freund, kennenlernte und ein kleines Appartment bezog, reagierte Kristina völlig vernünftig. Sie fand es toll, dass sie mit ihrem Bruder völlig selbständig in der alten Wohnung leben konnte, und die Mama an den Nachmittagen zuhause war und was gekocht hatte, wenn sie von der Schule kam. Damals bemühte ich mich, meinen Auszug aus unserer gemeinsamen Wohnung gutzumachen, indem ich nachmittags da war und wir zusammen sein konnten. Abends fuhr ich mit dem Fahrrad zurück in meine Wohnung und verbrachte den Abend mit Philipp. Es schien, als wäre dies das ideale Arrangement: nachmittags konnte ich noch ein wenig die Teenager beaufsichtigen, die ja immer noch zur Schule gingen, aber abends hatte ich sturmfreie Bude. Meine Kinder auch, die das sehr genossen. Schnell sprach sich in der Schule herum, dass man bei Kristofer und Kristina abends in Ruhe sitzen konnte ohne von Eltern belästigt zu werden und so trafen sich oft zehn Freunde der beiden, um zusammen fernzusehen, zu sitzen und zu rauchen. Als Kristofer nach dem Abitur zum Studium in eine andere Stadt zog, vermietete Kristina die zwei freien Zimmer. Ich ließ ihr völlig freie Hand; sie durfte die

Mieteinnahmen behalten und musste sich dafür natürlich um die große Wohnung kümmern, in der sie unbedingt bleiben wollte. An den Wochenenden hatte ich oft ein schlechtes Gewissen, wenn ich daran dachte, dass Kristina jetzt alleine war. Am liebsten hätte ich ihr irgendwie einen Freund besorgt, obwohl sie immer betonte, dass sie sich nicht einsam fühlte. Ich hatte den Eindruck, dass sie sich nach Beziehung sehnte. Ständig lag ich ihr in den Ohren, doch zum Essen zu Philipp und mir zu kommen. Wenn sie dann erschien, vermittelte sie mir das Gefühl, sich in unserer Anwesenheit entsetzlich zu langweilen. Wahrscheinlich war die zur Schau gestellte Langeweile ihr Schutzpanzer gegen unser Beziehungsglück. Mit Philipp hatte ich meinen Schatz gefunden. Kristina wusste das. Es war nicht einfach für sie. Ich wusste genau, dass sie mir Philipp gönnte nach all den Jahren, in denen sie und Kristofer die Hauptrollen in meinem Leben spielten. Dennoch schmerzte der Verlust des Abgelöstwerdens. Wie gut ich das kannte! Wie sehr sie sich tatsächlich durch meinen Freund entthront fühlte, zeigte eine Bemerkung, als ich nachmittags bei ihr war und ein Anruf kam. Sie ging ran und reichte mir kurz darauf den Hörer. »Mein Nebenbuhler«, sagte sie. Es war Philipp.

Natürlich spürte sie, wie sehr es mich damals erwischt hatte. Für Philipp wäre ich nach Timbuktu umgezogen. Wenn ich mich an unsere Anfangszeiten erinnern will, brauche ich nur einen Brief zu lesen.

*20. Mai 1999: »Philipp, geliebter Philipp, gerade hast Du angerufen, hab so sehr an Dich gedacht, dass mir zum Heulen war. Ich vermisse Dich so sehr, es tut körperlich richtig weh. Ich will Dich, Dich, Dich! Wahnsinn, einfach Wahnsinn, wie wenig Entfernung ausmachen kann. Du bist so real um mich, es ist, als stündest Du neben mir. Hey, großer Magier, was machst Du mit Deiner Sklavin? Ich musste heute zu meinem Gynäkologen, solche Schmerzen*

*hatte ich in meiner Brust. Er konnte nichts Organisches finden.*
*Ich erzählte ihm von meinem Liebeskummer, er meinte, das wäre*
*wohl der Grund. Bei emotionaler Anspannung könnte sich das*
*durchaus so niederschlagen. Welcher Trost! Zum ersten Mal in*
*meinem Leben habe ich Beschwerden wegen körperlicher Sehn-*
*sucht!!! Ich brauche Dich, ich brauche Dich so sehr. Dieses Gefühl,*
*von Dir ausgefüllt und besessen zu sein, total süchtig nach Dir,*
*abgehoben, gleichzeitig in den tiefsten Tiefen. Du führst mich*
*in Räume, die ich nie gekannt habe, gleichzeitig habe ich Angst*
*davor, nicht mehr zurückzufinden. Ich liebe Dich!«*

Da wundere ich mich über die Heldenverehrung von Kristina.
Das hab' ich genau so drauf.

Mittwoch, 20. September 2006 – Austausch mit anderen
Frauen erleichtert mir die »Kristina-Krise«. Im Fitnessstudio
komme ich mit einer Frau ins Gespräch, die mir erzählt, ihr
Sohn sei mit 16 Jahren von zuhause weg – und zu einer arbeits-
losen Familie gezogen, den Eltern seines damaligen Freundes.
Dort habe es ihm gefallen, mit diesen Leuten sei er nur in
Kneipen und Gaststätten unterwegs gewesen. Die Schule habe
er abgebrochen. Nach der Erzählung dieser liebenswert wirken-
den Frau, die mir so offen ihr Leben mitteilt, bin ich wieder fast
versöhnt mit meinem Los. Ich bin froh, dass beide Kinder Abitur gemacht haben. Während ihrer Schulzeit gab es erstaunlich
wenig Ärger: keiner büxte aus oder trieb sich mit zwielichtigen
Gestalten herum. Kristina hatte zwar schon früh eine Neigung
zu Freunden, die nicht nur positiven Einfluss auf sie ausübten,
aber sie geriet damals nicht völlig unter deren Einfluss.

Donnerstag, 28. September 2006 – Vieles scheint in diesem
Jahr auf Versöhnung, auf Klärung ausgerichtet zu sein. Ich
besuche ein Seminar in einem schönen Schlösschen, das jetzt
ein katholisches Exerzitienhaus ist: »Von der Macht des Namens.« Äußerlich stimmt alles: die Referentin ist sehr nett,

die Teilnehmerinnen sind eine interessante Gruppe, der Inhalt abwechslungsreich, und der Tagungsort ist ein kleines Paradies. Dennoch komme ich mit einem komischen Gefühl nach Hause. Beim Mittagessen ist mir aufgefallen, dass auch eine nur aus Männern bestehende Referentengruppe des Ordinariats im Haus tagt, die uns Frauen beim Vorbeigehen keines Blickes würdigt und auf »wichtig, wichtig« macht. Servierdamen wuseln um die Männer diensteifrig herum und bedienen sie mit dem Essen vom Buffet, das wir Frauen uns selbständig holen. Diese Atmosphäre, das wird mir beim Heimkommen klar, erinnert mich sehr stark an meine Kindheit, wo Frauen oft generell nicht beachtet wurden und die Versorger- und Gebärerinnenrolle innehatten, wohingegen um die Männer enorm viel Aufheben gemacht wurde. Während des Seminars bestätigt eine Teilnehmerin meine Vermutungen: sie erzählt, dass es beim letzten Mal erheblich schlechteres Essen, keinen Kuchen und vor allem kein Bier gegeben hätte, was aber nicht verwunderlich sei, denn damals wären ja die Herren vom Ordinariat nicht da gewesen. Das Erlebnis versöhnt mich etwas mehr mit den Eltern. Es waren nicht nur die persönlichen Erfahrungen mit ihnen, die mich geprägt haben sondern auch die verlogene, stockkatholische Kleinstadtatmosphäre in den sechziger Jahren des letzten Jahrhunderts. Als ich fünfzehn Jahre nach dem Krieg geboren wurde, war dort alles noch beim Alten: die Verehrung des Männlichen, der Kirche, der Autorität. Die Frauen meldeten sich erst zu Wort, als ich bereits ein Teenager war; da fing es an mit Emanzipation, dem Recht auf den eigenen Bauch. Das Seminar im Bilderbuchschlösschen hat mir insofern Aufklärung über die Macht des Namens vermittelt, als es mir noch einmal die scheinbaren Werte vor Augen geführt hat, mit denen ich groß geworden bin: Duckmäusertum, Frömmelei, Autoritätsgläubigkeit, Raffzahnmentalität und Verachtung des Weiblichen. 21 Yoga-Sonnengrüße zuhause reichen aus, um mich besser zu fühlen und das Bild von den Männern in den schwarzen Anzügen loszuwerden.

Montag, 6. November – Total genervt haben wir eine Reise nach Malta angetreten. Der Anwalt des Vermieters von Kristinas ehemaliger Wohnung hat mich weiter belästigt, und ich musste Schriftkram erledigen. Das hat mich so mitgenommen, dass ich mich auf die Reise gar nicht freuen konnte, obwohl ich die Ablenkung sehr nötig habe nach all den Altlasten hier in Deutschland. Philipp und ich wurden dann aber für das anstrengende Jahr entschädigt: wir haben ein riesiges, bestimmt 30 qm großes, Hotelzimmer mit Balkon. Ich werde große Schwierigkeiten bei der Rückkehr in mein 18 qm – Appartment haben. Aber jetzt sind wir erst mal hier. Blickdichte blaue Vorhänge gibt es auch. Das bedeutet, dass wir morgens bis 9 Uhr schlafen können, denn dann wird es durch die englischen Kinder laut, die auf dem Flur herumtollen und sich auf das Frühstück freuen. Wir freuen uns vor allem jeden Tag auf unsere Bucht, die wir schon am ersten Tag kennen und lieben gelernt hatten: etwas außerhalb von Burghibba, 2o Minuten zu gehen und deshalb von wenigen Touristen frequentiert, gibt es eine traumhafte Kiesbucht mit glasklarem Wasser und einem Kiosk am Hang, der wirklich guten Cappuccino hat – keine Selbstverständlichkeit auf Malta, wo aufgrund ehemaliger britischer Herrschaft eher Tee getrunken wird. Mit Philipp habe ich den wahren Liebestraum. Das tut gut, denn ich habe das starke Gefühl, dass in diesem Jahr noch so einiges auf uns zukommen wird, was Kraft kostet. Deshalb genießen wir die Zeit hier besonders. Am Abend trinken wir ein Gläschen Wein auf unserem Balkon, vorher eines auf der Dachterrasse des Hotels mit Blick auf die riesige Kuppel des Domes von Mostar und die alte Stadt Mdina, die die Kreuzritter gebaut haben. Tagsüber, wenn es nicht zu heiß ist, machen wir Ausflüge mit den orange-gelben Malteser Bussen. Am liebsten aber liegen wir an unserer Kiesbucht …

Dienstag, 7. November – Philipp hatte eine Überraschung für mich: gleich nach der Rückkehr von Malta ging es am nächsten Tag mit dem Bus weiter. Über meinen Geburtstag waren wir in Venedig! Ein Traum! Dort wollte ich schon immer hin – aber nur mit dem Mann meines Lebens! Liebe, Liebe, Liebe! Seltsam, dass wir in diesem Jahr die Stadt besuchen, die das Ziel der Hochzeitsreise meiner Eltern war. Wir hatten so Glück mit dem Wetter. Philipp war schon öfter in der Stadt und meinte, dieses Traumwetter habe er nie gehabt. Bei 25 Grad und Sonnenschein genossen wir Pizza, Wein und Dolce far niente direkt am Canale Grande – und das nicht überteuert, wie man es in allen Reiseführern liest sondern für 30 Euro! Unglaublich! Weil mir die Anfahrt mit der Fähre so gefiel, sind wir gleich zweimal mit dem Vaporetto, den kleinen Passagierbooten, zum Lido und haben den herrlichen Blick auf den Campanile, den Glockenturm, und den Dogenpalast genossen. Zum Abschluss mussten es dann noch zwei Cappucini im Hotel Danieli sein, der Luxusherberge der Stadt mit traumhaftem Blick über die Lagune. Zwanzig Euro für zwei Tassen Cafe – egal. Einmal im Leben! Jetzt sind wir wieder zurück und schon wieder eingeholt von der Realität: erst mal Schnupfen satt und natürlich ist die Erinnerung an das diesjährig Vorgefallene gleich wieder da.

Dienstag, 7. November – Im Internetforum einer Astrologiezeitschrift finde ich die Zuschrift einer Leserin. »Ich bin 48 Jahre alt, meine Tochter ist 23. Obwohl sämtliche äußeren Voraussetzungen stimmen – sie sieht toll aus: gute Figur, schlank, studiert BWL, hat keine finanziellen Probleme – kommt sie nicht mit ihrem Leben klar. Sie fühlt sich ungeliebt, sitzt viel zuhause und grübelt. Ich bin ihr einziger Bezugspartner. Dabei hatte ich mir vorgenommen alles besser als meine Mutter zu machen, von der ich mich nie geliebt fühlte. Meine Mutter litt an MS und war deshalb sehr mit sich und ihrer Krankheit beschäftigt. Da ich mir vorgenommen hatte, einmal alles bei meiner Tochter richtig zu machen, bin ich jetzt sehr enttäuscht, dass das nicht geklappt hat. Dabei war ich so froh, dass sie so attraktiv ist. Ich bin eher unauffällig und habe auch das Problem, dass ich ohne Brille kaum etwas sehe. Selbst mit Brille sehe ich derzeit alles verschwommen und unscharf, eine Tatsache, die mein Zusammensein mit anderen Menschen sehr erschwert. Derzeit haben wir viel Streit, weil meine Tochter so gar nicht mit sich und ihrem Leben klar kommt. Einerseits will ich ihr helfen, andererseits glaube ich, dass uns Abstand gut täte. Was soll ich tun?« – Fast alle Schreiber, die der Frau im Forum antworteten, rieten ihr von Ursachenforschung ab und bekräftigten sie darin, ihrer Tochter und sich selbst mehr Abstand zu gewähren. Sie hielten es für bedenklich, wenn die Mutter im Leben einer 23-jährigen der wichtigste Ansprechpartner sei. War ich wieder beruhigt! Auch ich hatte das Beste für Kristina gewollt, bereit, ihr alles zu geben, was mir versagt war: Ermunterung, Lob, Aufmerksamkeit, große Reisen. Auch ich war gescheitert – zumindest sehe ich es derzeit so. Wie gut es tat, dass andere Mütter genau dieselben Erfahrungen machen.

Montag, 13. November – Kristofer war über das Wochenende hier und hat uns darauf vorbereitet, dass er Weihnachten seine zukünftige Frau vorstellen will, die er während seines Auslandsstudiums in Amerika kennengelernt hat. Sie war im Urlaub mit ihrer Familie in Washington und traf Kristofer vor ihrem Hotel im Park, als er seinen Mittagsspaziergang machte. Es muss ihn total erwischt haben, denn die Begegnung war vierzehn Tage bevor er wieder nach Deutschland zurückfuhr. Keinesfalls hatte er geplant, in Amerika noch jemanden kennenzulernen. Sie hat ihn gleich am Tag darauf ihren Eltern vorgestellt – wahrscheinlich gleich als Verlobten. Ansonsten würde ihre Familie nie erlauben, dass sie ihn Weihnachten in

Frankfurt besucht. Es war schön mit meinem Sohn. Er schlief hier in meiner kleinen Wohnung und hat es sicher auch genossen, dass er nochmals bis morgens um sieben Uhr mit seinen Freunden unterwegs sein kann ohne dass Vorhaltungen kommen. Er weiß, dass sich sein Leben sehr ändern wird, wenn er seine Pläne mit der Hochzeit verwirklicht. Philipp und ich sind sehr neugierig auf die schöne Zakiya – natürlich hatte Kristofer Fotos von ihr auf seinem Handy – Wir freuen uns riesig auf die Weihnachtstage, wenn sie uns besuchen kommt. Ich bin sehr froh, dass mich derzeit nicht allein das Sterbenmüssen des Vaters und der Lebenskampf meiner Tochter aufwühlen, sondern dass sich neue, positive Lebensentwicklungen in der Familie zeigen.

Donnerstag, 16. November – Schon geübt im Ertragen schlechter Nachrichten nehme ich es ohne große emotionale Beteiligung hin, dass mein Neurologe eine Kernspintomographie vorschlägt: seit Tagen haben wir Hochdruckwetter und damit 20 Grad Temperatur im November! Trotz Migränemedikamenten habe ich ständig das Gefühl, dass mir der Schädel platzt, weil die Schmerzen immer schlimmer wurden. Seit Wochen ist mir auch schwindlig und übel. Nein, schwanger bin ich sicher nicht!

Samstag, 19. November – Es ist schön, einen erwachsenen Sohn zu haben, der sich um die Familienangelegenheiten kümmert. Er hat mit seiner Schwester telefoniert. Zwei Stunden haben sie geredet; sie hatte ihn angerufen. Als Entschuldigung für das unsägliche Verhalten ihres Freundes brachte sie vor, dass sie enorm durch Schulden belastet gewesen seien und sich vollkommen hilflos gefühlt hätten. Bei ihm sei dann die Sicherung durchgebrannt, daher sein Verhalten mir gegenüber. Eine Erklärung für ihr Schweigen und eine fehlende Entschuldigung vier Monate nach dem Vorfall, der mich nächtelang nicht schlafen ließ, gab es nicht. Das hatte ich auch nicht erwartet.

Nicht mehr. Mir ist deutlich geworden, dass Kristina ja schon vor dem Vorfall monatelang auf Tauchstation gegangen war und nichts von sich hören ließ, obwohl ich ihr zu Anfang des Jahres noch viel schrieb. Ihr Verhalten bestärkt mich allerdings darin, erst dann wieder mit ihr zu reden, wenn sie sich entschuldigt hat. Froh war ich, dass sie uns ein Lebenszeichen gegeben hat. Meinem Sohn bin ich dankbar, dass er sich die Mühe gemacht hat, zwei Stunden mit ihr zu reden. Ich hätte das sicher nicht gewollt. Nicht jetzt.

Montag, 20 November – Umkleideraum im Fitnessstudio, 9.20 Uhr. Ich höre die Unterhaltung zweier Frauen: »Meine Tochter weiß gar nicht, was sie an mir hat. Um acht Uhr habe ich den Kleinen abgeholt und zur Krippe gebracht, in zwei Stunden hole ich ihn wieder ab. Gestern am Sonntag war ich den ganzen Tag mit ihm alleine, damit sie und ihr Mann mal wieder Zeit für sich haben. Mein ganzes Leben lang habe ich jetzt gearbeitet und daneben Kinder erzogen, irgendwie habe ich das Gefühl, sie schätzt es gar nicht, dass sie mich hat.« – »Genau so ist das bei mir auch«, erwidert die Angesprochene, »wobei das Kinderhaben nur erträglich ist, wenn man arbeiten geht. Zuhause bleiben und den ganzen Tag das Geschrei aushalten müssen, ist doch das Allerletzte. Da war mir der Stress mit der Doppelbelastung lieber. Ich finde es jetzt viel anstrengender, mehrere Stunden auf den Enkel aufpassen zu müssen ohne berufliche Ablenkung zu haben.« Mir fällt ein, dass ich die stressigsten Arbeitszeiten ebenfalls dann hatte, als die Kinder klein waren. Heute, wo keine Kinder mehr da sind, kann ich auch zuhause schreiben. Undenkbar schien mir das in der Zeit, als ich mit zwei Kindern zusammenlebte. Viel zu kurz waren die Stunden zwischen ihrem morgendlichen Aufbruch zur Schule und dem nachhause kommen. Kaum hatte ich mich an den Schreibtisch gesetzt, hörte ich: »Was gibt's zu essen?«. Zumindest kam mir das so vor. Ständig hatte ich das

Gefühl, irgendjemand, irgendetwas, käme zu kurz, entweder ich, meine Arbeit oder die Kinder.

Dienstag, 23. November: »Daniela«, die Stimme meiner Mutter ist am Telefon tränenerstickt, »ich musste deinen Vater ins Krankenhaus bringen, er ist einfach zusammengebrochen. Sie haben eine Kernspintomographie gemacht. Jetzt sitzt der Tumor am rechten Lungenflügel, er hat sich weiter ausgebreitet. Der Arzt sagt, eine Chemotherapie steht er nicht durch, er wiegt noch 68 Kilo. Sie können nichts mehr tun, sagen die Ärzte. Er kann zunächst in der Klinik bleiben, aber irgendwann kommt er nach Hause. Ich schaffe es aber nicht, ihn zu pflegen, ich schaffe das nicht.« Ich beruhige meine Mutter, sage ihr, dass niemand von ihr verlangen wird, alleine ihren Mann pflegen zu müssen. Sicher würde sie Hilfe bekommen, aber jetzt sei er ja zunächst noch in der Klinik und sie müsse sich keine Gedanken machen. Meine Worte bewegen sich in einer Endlosschleife, so kommt es mir vor. Gleichzeitig fällt mir ein, dass es immer ich war, die beruhigende Worte für die Mutter finden musste, selbst in der Zeit, als ich noch die zu Bemutternde war. Immer war ich vernünftig und klar denkend in Krisensituationen, selbst schon als Kind. Auf mich war Verlass. So auch heute. Es gelingt mir, Paula zu beruhigen. Sobald sie sich gefasst hat, schimpft sie auf die Verwandtschaft. Keiner zeige Anteilnahme und Betroffenheit, sie würde völlig allein gelassen. Mir ist klar, dass sie mit dem nächsten Telefonpartner genau so über mich sprechen wird: ihre Tochter würde sie alleine lassen und nicht da sein, wenn sie sie braucht. Das war schon immer so: Gerät Paula in eine für sie belastende Situation, dann sind die anderen schuld, die nicht sofort kommen, wenn sie das wünscht; die sie in ihrem vermeintlich außergewöhnlichen Schicksal nicht ausreichend bedauern und das alles, »wo die doch ein viel leichteres Leben als ich haben.« Ihren achtzigjährigen Bruder hat sie über die Ereignisse noch gar nicht informiert: »Wenn ich dort anrufe, erzählt er mir von seinen Obstbäumen und der Arbeit in seinem Garten, und dass er froh ist, seinen Schlaganfall überlebt zu haben. Rut hat zu mir gesagt: ›Reg' dich nicht so auf.‹« Rut ist ihre 83-jährige Schwester, die sich ihr ganzes Leben immer wieder vergeblich um den Familienfrieden bemüht hat. Meiner Mutter, ihrer Schwester, kann man es nicht recht machen. Selbst wenn wir alle kommen und ihre Hand in diesen Tagen halten würden, wären wir rücksichtslos, sei es, dass wir die falschen Worte wählen, das falsche tun oder sie in ihrem Leid nicht genug bedauern. »Alle machen alles falsch«, so lautet Paulas Einstellung den Menschen gegenüber. Wie immer beruhige ich sie weiter und sage, dass Ruts Bemerkung in dieser Situation sicher nicht böse gemeint war. Paula ist auch mir gegenüber am Telefon sehr erregt; Rut wird das auch gespürt haben. Die ganze Familie hat schon erlebt, dass Paula Telefonate öfter damit beendet, wütend den Hörer auf die Gabel zu knallen. Alle wissen es und alle versuchen wir, tolerant damit umzugehen, was bedeutet, dass wir dann immer Zeit verstreichen lassen, bevor wir uns wieder einmal bei Paula melden, natürlich ohne den Vorfall zu erwähnen. Ich weiß genau, dass meine Mutter von mir erwartet, jetzt alles stehen und liegen zu lassen und sofort zu ihr zu fahren. Vor zwanzig Jahren habe ich das so gemacht, als ihr Vater starb. Damals, noch mitten in der juristischen Ausbildung steckend, informierte ich sofort den Ehemann, der unterwegs war, und raste mit meinen kleinen Kindern in der Juli-Hitze viereinhalb Stunden über die Autobahn. Jetzt geht das nicht einfach so: ich bekomme ohnehin nicht mehr viele Schreibaufträge, davon leben könnte ich nicht, wenn ich nicht meinen Lebensstandard völlig eingeschränkt hätte. Meine wenigen Aufträge muss ich aber erledigen, sonst bekomme ich gar keine mehr. Nächste Woche soll ich zur Kernspintomographie. Wenn ich absage, bekomme ich vor Weihnachten sicher keinen Termin mehr, und ich muss endlich die Ursachen der seit Wochen anhaltenden Migräne abklären lassen. Ich kann Paula sicher nicht bei der Pflege ihres Mannes unterstützen, wenn er aus der Klinik kommt. Schuldgefühle, Schuldgefühle, Schuldgefühle. Der Gedanke an eine moralische Verpflichtung, ihr beistehen zu müssen, lässt mich nach Luft schnappen. Ich will nicht zur traurigen Mutter fahren müssen, will ihr nicht beistehen wie in den langen Wochen, wenn ihr Mann nicht da war. Ich will nicht mehr in ihrer Traurigkeit ertrinken wie damals, will nicht mehr das Gefühl haben wie als Kind, jetzt sterben zu müssen. Ich will nicht mehr tapfer und überfordert an ihrer Seite sein. Paula, ich lasse Dich jetzt alleine. Ich stehe nicht mehr zur Verfügung.

Die Grenzen zwischen der sogenannten Realität und anderen Ebenen verschwinden derzeit. Mir fällt der Traum ein, den ich auf Malta während des Urlaubs hatte: Ich sitze in einem Cafe in Deutschland und blättere in einer Zeitschrift mit Bildern der bunten Boote im Fischerhafen von Marsaxloxx, einem idyllischen Dorf der Insel. Im Traum erinnere ich mich daran, dass ich auf Malta eine wunderschöne Zeit hatte, kann mich aber an Einzelheiten überhaupt nicht mehr erinnern. RUMMS, ZACK, RUMMS, falle ich im Traum plötzlich auf mein Bett im Hotel auf Malta und weiß im selben Moment, dass es Philipp ist und war, mit dem ich so eine glückliche Zeit auf der Insel hatte. Beim Wachwerden bin ich so glücklich, dass ich jetzt, gerade jetzt, mit ihm zusammen bin. Der Traum war ein OOB, ein Out-of-body-Erlebnis. Beim Aufwachen spürte ich seltsamerweise alle meine Knochen, so, als sei ich tatsächlich außerhalb meines Körpers unterwegs gewesen und anschließend aus großer Höhe auf das Bett geknallt. Gleichzeitig war das starke Gefühl des Rückblicks auf mein Leben da: der gesamte Traum war wie die Erinnerungen in der letzten Schau, die man vor dem Sterben hat, an Momente, die besonders intensiv und emotional waren. Ich bin mir sicher, dass mein Unterbewusstsein an das des sterbenden Vaters »andockt«. Wie so oft, kann ich seine Emotionen mitfühlen. Auf seiner letzten großen Reise begleite ich ihn. Ein ähnliches Erlebnis hatte ich vor einigen Tagen in der Meditation: Plötzlich wird mein Herz riesengroß während des Gedankens an meine Beziehung zu Philipp. Obwohl es kurz vor elf Uhr nachts war, musste ich kurz zu ihm rüberhüpfen, um mich zu überzeugen, dass es ihn auf der körperlichen Ebene gibt. So stark war meine Begegnung mit ihm als Energie, als reine Schwingung einer herzöffnenden, ewigen Beziehung, dass ich mich eigenhändig von der sogenannten Realität schnell überzeugen und Philipp in den Arm nehmen musste.

Donnerstag, 25. November: »Stell' Dir vor, jetzt will er sich verbrennen lassen und eine anonyme Beerdigung haben.« Paula ist völlig entsetzt über den neuesten Gedanken ihres sterbenden Ehemannes. »Du, langsam habe ich das Gefühl, ich kenne diesen Mann gar nicht richtig«, gesteht sie mir am Telefon. Anfang diesen Monats durften die beiden Goldene Hochzeit feiern, fünfzig gemeinsam verbrachte Lebensjahre. Natürlich gab es unter diesen Umständen kein Riesenfest. Es wird ihr letzter Hochzeitstag zusammen sein.

Freitag, 26. November – Völlig entspannt wache ich auf und habe das Gefühl, im Schlaf massiert worden zu sein. Der seltsame Zustand hält während des Tages an. Paulas Anruf am Abend gibt Aufschluss: »Du glaubst nicht, wie erleichtert ich bin«, sprudelt es aus ihr heraus. Der Tag brachte eine glückliche Fügung: im Städtchen traf sie die siebzigjährige Schwester meines Vaters, eine äußerst patente, resolute Frau, ehemalige Gewerkschafterin, erdig, kräftig, mit beiden Beinen auf dem Boden stehend. Mit ihr hatte sich der Vater beim Tod der gemeinsamen Mutter vor dreißig Jahren überworfen: gegenseitig bezichtigte man sich damals der Erbschleicherei. Die Geschwister waren bis zum heutigen Tage nicht in der Lage, den Streit beizulegen. Michaels Sterben macht das Unmögliche möglich: seine Schwester besucht ihn am selben Tag im Krankenhaus. Man versöhnt sich und die Schwester, Rentnerin, sichert zu, mit ihrem Mann jeden Tag einen Besuch zu machen. Ich freue mich über die Begegnung. Das ist genau das, was Paula jetzt braucht. »Stell' dir vor, Herta hat mich schon massiert, das hat so gut getan«, erzählt Paula erleichtert. »Die Schultern haben so weh getan. Alles war mir zu viel.« Mir erklärt das meinen Traum. Wieder einmal habe ich die Gefühle eines mir nahestehenden Menschen über die Entfernung genau gespürt. Ich bin auch massiert worden und habe das Gefühl der Erleichterung verspürt.

Mittwoch, 29. November – Ich lasse Aktfotos von mir machen. Kurz entschlossen rufe ich bei der Fotografin an, deren Anzeige ich im Stadtmagazin gesehen hatte. Den Traum, der mich schon immer begleitet, muss ich genau jetzt, in diesen Tagen verwirklichen: mich nackt von einem Profi fotografieren zu lassen. Weiß ich, wie viel Zeit mir noch bleiben wird, Träume zu verwirklichen? Plötzlich fällt mir der Entschluss leicht, da ich so eng mit dem Sterben, mit dem Verfall konfrontiert bin. Jetzt muss es sein, keinen Tag später. Drei Stunden wird die Session gehen, erzählt mir die Fotografin am Telefon. Siebzig Bilder werden ungefähr geschossen, davon kann ich mir zehn aussuchen für einen Gesamtpreis von 200 Euro. Das ist ein sehr gutes Angebot; ein halbes Jahr früher hatte ich schon einmal bei einer anderen Fotografin angefragt, die 500 Euro haben wollte. Das wäre mir dann doch zu teuer gewesen. Der Nachmittag ist anstrengend, ich liege auf dem Boden, Wasser wird über den Körper gespritzt, danach, auf einem Hocker sitzend, werfe ich mich in die Brust, angetan mit Hemdchen, Pelzstola oder einfach nur einem String und schwarzen, langen Handschuhen. Die hatte ich auf einem Flohmarkt erstanden und sicher wäre ich nie auf die Idee gekommen, dass ich die Abendhandschuhe einmal bei einer Aktfotosession tragen würde. »Kopf zurück, geh' mit der Hand durch die Haare, streck das Brustbein raus, Brustbein rausstrecken, hab' ich gesagt«, – die Anweisungen der Fotografin prasseln auf mich ein. Dennoch macht es Spaß zu posieren. »Sex Bomb« von Tom Jones dröhnt durch das große Studio. Hier ist es lebendig, laut, energiegeladen. Wie gut mir das tut! Mit der Fotografin kann ich gut arbeiten, ihre Anweisungen kann ich schnell umsetzen. Kurz nach dem Shooting sehen wir gleich das Ergebnis dank digitaler Verarbeitung am Computer. Ich wähle die zehn Bilder aus, die ich nach Hause nehmen will. Die Auswahl fällt leicht: die Posen, in denen ich mich schon beim Fotografieren am wohlsten gefühlt habe, sind die besten. Neun Bilder kann ich nach der Bearbeitung in einer Woche abholen, eines nehme ich gleich mit. Es zeigt eine Frau mittleren Alters mit schönen großen Brüsten von vorne, der Körper bildet eine Kurve, beginnend von den Schenkeln bis zu dem in den Nacken geworfenen Kopf, den langen Locken, die bis auf die Hüften fallen. »Und?« Beate, die Fotografin, schaut mich prüfend beim Betrachten des Bildes an. »Das sieht sehr divin aus, göttlich«, sage ich. »Hast Du Schwierigkeiten damit?«, fragt sie. »Eigentlich nicht«, lautet meine Antwort nach kurzem Nachdenken. Mit meinem Bild schwebe ich kurz darauf göttinnengleich, doch sehr erschöpft, nach Hause. Abends noch ein Anruf der Fotografin: ob ich etwas dagegen habe, wenn sie das »Göttinnenbild« in ihrem Schaufenster im U-Bahn-Untergeschoß ausstellt? Ich bin überrascht, dass sie das Foto so gelungen findet. Einwände habe ich keine. Mein Gesicht ist auf dem Foto abgewandt, sichtbar sind nur die vielen Haare. Warum soll ich nicht nackt in der U-Bahn-Station hängen? Ich habe nichts mehr zu verbergen.

Samstag, 2. Dezember 2006 – Um elf Uhr soll ich in der

Röntgenpraxis sein, wo die Kernspintomographie gemacht wird. Auch samstags wird dort gearbeitet. Als ich auftauche, ist das Wartezimmer völlig überfüllt, einer der Apparate funktioniert nicht und deshalb gibt es »Stau«, erklärt ein Arzt den Wartenden. Rastlos gehe ich im Flur auf und ab, die stickige Luft im Wartezimmer kann ich nicht ertragen. Irgendwie scheint sich die zunächst desolate Situation schnell aufzulösen, denn zehn Minuten später bin ich an der Reihe. »Uhr, Schmuck, Haarspangen, Kontaktlinsen, alles raus. Ihre Strickjacke müssen Sie ausziehen, da ist ein Reißverschluss dran.« Der Kommandoton des Arztes, der mich in die Röhre schiebt, ist umwerfend. Macht nichts, denn ich kann mich ja jetzt hinlegen. Man spritzt mir etwas, nach Angaben des Arztes ein Kontrastmittel. Ich habe eher das Gefühl, es ist zur Beruhigung, denn vor der Untersuchung wurde nach meinem Gewicht gefragt, was nur nötig ist, wenn Narkosemittel verabreicht werden, damit der Arzt die Dosis berechnen kann. Während des halbstündigen Röhrenaufenthaltes habe ich auch das Gefühl, dass meine Nerven zum Ende hin sensibler werden, so dass das unerträgliche Getöse in der Röhre sich bis ins Unermessliche steigert. Ein weiteres Indiz dafür, dass man intravenös ruhiggestellt wird. Ich habe nämlich mein Gewicht zu niedrig angegeben und deshalb lässt jetzt zum Ende der Untersuchung die Wirkung des Mittels nach. Die Röntgenbilder sind anschließend schnell fertig. »Tja«, meint die Ärztin, die sie mit mir bespricht, »sie werden weiter unter ihrer Migräne leiden müssen. Ein Tumor ist nicht die Ursache.« Ich teile ihr mit, dass die Schmerzen seit einigen Jahren für mich unerträglich werden, vor allem bei Hochdruck. »Da wird Ihnen nur übrig bleiben, sich in Skandinavien anzusiedeln«, bekomme ich zur Antwort. Als ich sie frage, woher sie weiß, dass es mir dort so gut gefällt, meint sie lakonisch: »Intuition.«

Sonntag, 3. Dezember: »Liebe Mama, lieber Papa, ich werde

mich nicht mit langen Weihnachtswünschen aufhalten – was ich sehr hoffe, ist, dass Ihr noch ein gemeinsames Weihnachten haben werdet. Das ist ein großer Wunsch von mir. Wenn es euch recht ist, würden wir Samstag, den 30.12.06 zu einem Besuch vorbeischauen. Kristofer und seine Freundin sind von 24.-29.12. bei uns. Gleich anschließend kommen wir. Keine Angst, wir werden darauf achten, dass es nicht zu anstrengend wird. Wir denken an euch, lieben Euch und versuchen, Euch alle Kraft zu senden, die Ihr jetzt braucht. Ich liebe Euch sehr, das sollt ihr wissen, und ich habe ganz großen Respekt vor dem, was Ihr gerade durchmacht. Wenn Euch der Besuch nicht recht ist, ist das kein Problem. Wir richten uns völlig nach Euch. Alles Liebe, Daniela«

Den Brief habe ich geschrieben, nachdem ich bei den Eltern angerufen hatte. Vater geht es sehr schlecht. Ich bin nicht sicher, ob ein Besuch angebracht ist. Für mich war unser Abschied der im Schwarzwald. Meine Tante, mit der ich vor wenigen Tagen telefoniert habe, meinte allerdings: »Da musst du nochmals hinfahren.« Ich werde die Eltern entscheiden lassen. Selbst bin ich mir nicht sicher. Zwischen Michael und mir war so eine schöne Verbindung – im Juli im Schwarzwald war unser eigentlicher Abschied. Ich habe Angst, dieses Band durch einen weiteren Besuch zu zerstören.

Montag, 4. Dezember – Völlig vergrippt wache ich auf. Mein Schädel schmerzt schlimmer als zuvor in den letzten Wochen. Ich kann nicht sprechen, mein Hals schmerzt, alle Glieder tun weh. Der gestern geschriebenen Karte füge ich eine kleine Notiz bei: »Liebe Mama, wache völlig vergrippt auf und kann nicht reden. Für mich ist das ein Zeichen, dass wir alles auf uns zukommen lassen sollten. Pläne sind wohl derzeit fehl am Platz. Ich liebe dich, Deine Daniela«

Dienstag, 5. Dezember – Mit einem Traumbild wache ich auf: Philipps Schwester ist bei uns zu Besuch – seltsamerweise ist es die Wohnung, in der ich zwanzig Jahre mit den Kindern gelebt habe. Wir haben gerade gegessen, ich räume den Tisch ab und spüre genau, dass ich in ihren Augen viel zu laut und übertrieben sage: »Ach, schalten wir noch ein wenig das Radio ein, ich brauche Musik.« Dabei beginne ich zu tanzen. Normalerweise benutze ich nie ein Radio, weil ich selbst viel musiziere, aber mit der stets schlecht gelaunten Schwester setze ich im Traum wohl mehr auf die Kraft der Technik. Ich spüre auch, dass Philipp eher den Energien der miesepetrigen Schwester zugeneigt ist als meiner Freude an Bewegung – Der Traum spiegelt unsere Gespräche vom Wochenende wieder. Mir wird klar, dass ich endgültig Schluss machen muss mit Enge in meinem Leben. Das machte mir die enge Kernspinröhre vom Samstag deutlich, in der ich eine halbe Stunde unter Höllengetöse zugebracht habe. Enge ist Hölle. Schon seit einiger Zeit habe ich schnell das Gefühl, keine Luft zu bekommen, beim kleinsten Luftzug erkälte ich mich, meine Migräne wird immer schlimmer. Alles ist mir zu eng. Auch diese klare Empfindung ist –neben der Veränderung der Beziehungen zu meiner Mutter und zu meiner Tochter – eine Begleiterscheinung des Sterbeprozesses von Michael. Ich habe, ähnlich wie vor 27 Jahren, als ich der Kleinstadt den Rücken kehrte und Studium, Kinder,und Heirat beinahe gleichzeitig begann, Lust auf ein neues, freieres Leben. Auch wenn mich Skandinavien reizen und mir sicher gesundheitlich gut tun würde, habe ich nicht das Gefühl, dass ich jetzt das Land verlassen werde. Ich glaube, dass ich mir innerlich mehr Freiheit gönnen muss. Was jetzt erforderlich ist, kann mir kein neues Land bieten, das muss ich mir selbst gestatten.

Mittwoch, 6. Dezember – Schöne Überraschung zum Nikolaustag: ein Brief von Paula: »Da war Dein Vater aber sehr enttäuscht, dass ihr erst am 30. Dezember kommen wollt. Jeden Tag kann es so weit sein und Ihr lasst Euch Zeit. Schöne

Grüße, Paula« Als ich Philipp besuche, zitiert er mir diese Sätze meiner Mutter, die sie auch noch auf seinen Anrufbeantworter gesprochen hat. Sofort habe ich ein starkes Rauschen in den Ohren, so sehr erinnern mich die vorwurfsvollen Worte an zahlreiche Szenen, wo Paula mir zu verstehen gab, dass ich alles, wirklich alles, falsch mache. Ich sehe ihren anklagenden Blick vor meinem inneren Auge und spüre, wie mein Magen sich zusammenkrampft. Auch Philipp ist sauer: »Da ruft erst Australien an und lässt die Schimpftiraden los und jetzt das. Bin ich hier der Mülleimer?« Paula scheint uns alle in ihrem Leid verrückt machen zu wollen. Gestern hatte ich den ganzen Tag mein Handy an; sie hätte mich problemlos jederzeit erreichen können. Ich weiß nicht, warum sie auf Philipps Anrufbeantworter gesprochen hat und sage ihm das auch. Beide haben wir plötzlich wahnsinnige Kopfschmerzen, wahrscheinlich weil jeder von uns heftige Emotionen hat. Aus der Ferne gelingt es meine Mutter, uns gegeneinander aufzubringen. Philipp ist zu Recht sauer, dass sich auf seinem Anrufbeantworter mein Familienleben abspielt, und ich bin erbost, weil Paula wusste, dass sie mich persönlich erreichen kann und sich bewusst wieder einmal dafür entschieden hat, ein chaotisches Drama zu inszenieren. Wie beim Geburtstag des Onkels.

Donnerstag, 7. Dezember – Eine Woche zu früh bekomme ich meine Tage, das erklärt die starken gestrigen Kopfschmerzen. Heute habe ich allerdings schon wieder einen Brummschädel, was nach der heftigen Migräne ungewöhnlich ist. Vielleicht ist das warme Wetter der Auslöser. 15 Grad im Dezember sind ungewöhnlich. Beim Aufwachen habe ich den festen Entschluss, den »Immer-mehr-Menschen« in meinem Leben nicht mehr zur Verfügung zu stehen. Nein, ich werde jetzt nicht zu den Eltern rasen, denn ich habe eine schwere Grippe. Paula kann ich nicht helfen; das will sie auch gar nicht. Sie will alles so machen, wie sie es für richtig hält und braucht jemanden, der sie bemitleidet. Auch Kristina kann ich nichts mehr geben. Als sie noch in Deutschland war, habe ich sie darin unterstützt, die für sie allein viel zu große Wohnung behalten zu können. Meine Schuldgefühle, ihr nicht nach dem Vater auch noch das Zuhause zu nehmen, sorgten dafür, dass sie dort noch sechs Jahre leben konnte. Den anschließenden, zwei Jahre dauernden Rechtsstreit um die Kaution führte ich – und überwies ihr den gesamten Betrag, der drei Monate später aufgebraucht war. Erst jetzt fällt mir auf, dass das Ergebnis gleich gewesen wäre, wenn ich gar nichts unternommen hätte. Hätte ich in Kristinas Namen die Kaution nicht eingeklagt, wäre sie weg gewesen. So hat mich die Rechtsstreitigkeit viel Kraft und Nerven gekostet, und das Geld ist ebenso weg, weil sie es mit dem verrückten Australier schnell aufgebraucht hat. Immer meine ich, helfen und tätig sein zu müssen, dabei hilft es denjenigen, für die es gedacht ist, überhaupt nicht. Mich dagegen macht es völlig fertig. Ich bin ein Idiot!

Freitag, 8. Dezember – Philipp hat mit meiner Mutter telefoniert. »Ganz ruhig war sie und meinte, der Arzt hätte auch gesagt, dass kein Kranker deinen Vater besuchen soll; sein Immunsystem ist ja geschwächt. Du sollst mit Deinem Besuch abwarten, bis es dir besser geht.« Über Philipps Anruf bin ich erleichtert. Bei ihm ist Paula immer ruhig und freundlich und bekommt keinen ihrer Zornesausbrüche, die in der Familie gefürchtet sind. Meine Erkältung wird nicht besser, trotz der Medikamente, die ich nehme. Ständig muss ich husten, und der Druck auf der Brust lässt überhaupt nicht nach. Erinnerungen an das Gefühl der Schwäche, des Ausgeliefertseins in der Kindheit tauchen wieder auf, wenn der Vater freudig zu seinen Reisen aufbrach, und ich mit der traurigen Paula zurückblieb, der Lähmung, die sich überall in der Wohnung ausbreitete. Ich habe es so satt, die Emotionen anderer Menschen mitzukriegen. Ich will keine Verlassenheitsgefühle und

Depressionen mehr spüren müssen. ICH WILL LEBEN! Die alten Gefühle lassen mich jedoch den ganzen Tag nicht aus ihren Klauen. Erinnerungen an meine Beziehungen tauchen auf, wo ich genau dasselbe Verhaltensmuster zeigte, wie mit dem Vater: zu Anfang war die symbiotische Beziehung, die Verschmelzung mit dem anderen, das Gefühl Tag und Nacht mit ihm zu sein, eins zu sein. In der Liebe stürzte ich mich völlig selbstlos hinein, gab alles, was ich hatte, um irgendwann ernüchtert festzustellen, dass ich nur einen Traum lebte, und der reale Mensch auf mich überhaupt nicht einging. Gleichzeitig war immer auch die Angst vor Nähe, das innere Wissen, zu viel vom anderen löst mein Ich auf. War ich mit einem Geliebten auf Reisen, bekam ich Verdauungsprobleme. Für das tägliche Zusammensein war ich völlig ungeeignet: ich bekam Depressionen, wenn ich Kloschüssel und Bett mit einem Mann teilen sollte. Erst jetzt erkenne ich, was mir die tägliche Nähe ungemein erschwerte: ich habe ständig abgewertet und den Partner völlig außerhalb, weit weg von mir gesehen. Obwohl immer der Wunsch nach Verschmelzung da war, war der andere gleichzeitig auch weit weg. Auf der Suche nach dem gelebten Traum wertet man diesen ständig ab. Noch bevor ich in der Realität enttäuscht wurde, enttäuschte ich mich lieber selbst, ließ das Gegenüber gar nicht sein sondern suchte sofort nach wunden Punkten. Meine geistige Beeinflussung, die auf den Verlassenheitsgefühlen meiner Kindheit beruhte, war der Grund, warum ich für eine normale Beziehung erst mit vierzig Jahren bereit war.

Todesangst – ein für mich neues Gefühl taucht in der Yogaentspannung auf. Es fühlt sich tatsächlich an wie eine kalte Faust, die das Herz umfasst, genau so, wie es in Büchern beschrieben wird. Für kurze Zeit konnte ich die Angst desjenigen fühlen, der sein Heim, seine Liebsten, sein Leben loslassen muss, konnte spüren, wie sich der Körper verhärtet und verspannt, wenn die Angst vor dem Loslassen größer ist als die Hingabe. Dieses Gefühl war neu für mich, so gewaltig, so angstvoll, dass ich fast die Entspannung beendet hätte. Ich wusste aber, dass die Empfindung gleich vorbeigeht, und ich sie zulassen will, um zu verstehen. Zum einen sind es für mich die Übertragungen des Vaters auf seiner letzten großen Reise. Andererseits habe ich gerade Neptun am Aszendenten, der eine erhöhte Wahrnehmung mit sich bringt: viele Gefühle erlebe ich als Beobachter, das Leben wirkt insgesamt mehr als Maya, als Spiegel dessen, was jeder für sich sehen will und als riesiger Tummelplatz der verschiedensten Energien. Das kann sehr verwirrend sein und im schlimmsten Fall, so steht es in den Astrologiebüchern, kann man bei dieser Neptun-Stellung leicht Opfer von Betrügern werden. Man hat mehr Schwierigkeiten, sich selbst zu vertrauen und ist dann anfällig für die nicht immer positiven Einflüsterungen anderer Menschen. Einerseits fühlt man sich völlig verloren, allein auf der Welt, oft aber kommt es auch zu neuen Gemeinschaftsgefühlen. Genau das habe ich heute erlebt: noch nie habe ich mich bei der Benutzung öffentlicher Verkehrsmittel so wohl gefühlt wie jetzt. Die Menschen, die mit mir Bahn, Bus oder was auch immer teilen, sehe ich als kurzfristige Schicksalsgemeinschaft. Früher war ich stets leicht genervt, wenn ich mein Auto nicht benutzen konnte. Mit den »Öffentlichen« unterwegs zu sein, bedeutete, auf Tuchfühlung mit anderen Menschen zu sein. Heute finde ich das Fahren mit anderen interessant – meistens zumindest!

Samstag, 10. Dezember – Vorgestern habe ich bei 15 Grad geschwitzt, heute gibt es Schneeregen bei 0 Grad. Mein Brummschädel hält an, ich schaffe es nicht, meinen verschleimten Kopf freizubekommen. Bei meinen Besorgungen fällt mir ein, dass wir höflichkeitshalber nächstes Jahr Paula zu Weihnachten einladen werden müssen, da sie dann alleine sein wird. Sie wird das erwarten. Sofort beginne ich Abwehrstrategien zu entwickeln. Das erschreckt mich: obwohl ich ihr vorwerfe, von mir keine Besuche nach meiner Scheidung gewollt zu haben, verhalte ich mich genau gleich. Auch ich will an Feiertagen nicht gestört werden; unser Verhältnis ist nun einmal nicht entspannt. Besuche waren und sind immer mit Stress verbunden. Der einzige Besuch bei den Eltern, der mir immer als angenehm in Erinnerung bleiben wird, ist der vom 1. Mai: die Krankheit meines Vaters warf schon so große Schatten voraus – auch wenn sich das jetzt sehr pathetisch anhört – dass jeder sich Mühe gab, nicht für unnötige Spannung zu sorgen. Es war auch das letzte Mal, dass meine Eltern, Philipp und ich, zusammen mit Onkel und Tante an einem Tisch saßen.

Meine Gedanken fahren Achterbahn, auch wenn ich es gar nicht will: Philipp und ich könnten sagen, wir hätten uns getrennt. Ich glaube nicht, dass Paula sich vorstellen kann, mit mir alleine Weihnachten zu verbringen. Alptraum! Nein, ich sage ihr, dass ich nächstes Jahr in ein Yoga-Retreat gehe, um Abstand zu gewinnen von allen Ereignissen. Die Idee finde ich genial, mein Denken aber krank. Es scheint ein Thema in unserer Familie zu sein, dass die Töchter ungerne Zeit mit ihren Müttern verbringen – umgekehrt übrigens auch. Bei Kristina kam ich mir öfter vor wie die alte Mutter im Heim, wenn sie mich besuchen kam, was ohnehin eher selten war. Viel öfter fuhr ich mit dem Fahrrad zu ihr in die große Wohnung. Wir unternahmen zwar oft etwas zusammen, gingen ins Kino oder ins Cafe, aber anschließend waren wir beide hundemüde von unserem Zusammensein. Als ich mit den Kindern zusammen lebte, hatte Paula es sich zur Gewohnheit gemacht, einmal im Jahr nach Frankfurt zu kommen. Mit ihr ging es mir ebenso. Nach gemeinsamen Ausflügen und dem Wochenende war auch ich am Ende meiner Kräfte. So viel Unausgesprochenes schwebte zwischen uns, starke Energien, die mich völlig auslaugten. Ich war müde, Paula dagegen war, wie sie mir einmal erzählte, nach unserem Beisammensein stets wütend. Offen waren nie Auseinandersetzungen; es gelang uns, in den 48 Stunden »nett« zueinander zu sein. Wir besuchten Flamencoshows, den Tierpark und das Schwimmbad mit den Kindern und unsere Äppelwoi-Wirschaften – alle Beteiligten schienen das zu genießen. Innerlich jedoch müssen die Emotionen gebrodelt haben. Wie ist es ansonsten zu erklären, dass ich völlig entkräftet auf dem Wohnzimmerboden einschlief, nachdem wir meine Mutter wieder zum Bahnhof gebracht hatten, und Paula wütend im Zug nach Hause saß?

Sonntag, 10. Dezember – Um drei Uhr nachts wache ich auf, muss husten und kann gar nicht mehr aufhören. Meine Rippen schmerzen. »Bin ich die Nächste? Hat er mir seine Lungenschwäche vererbt?«, diese Gedanken gehen mir durch den Kopf, bis die Müdigkeit, die mich während der Erkältung auch tagsüber begleitet, ihr Recht fordert, und ich völlig erschöpft die folgenden acht Stunden wegtauche, weit weg von allen Ängsten, ein tiefer und traumloser Schlaf umfängt mich, Erschöpfung. Beim Aufwachen und dem ersten Husten ist Blut im Schleim. Ich gerate nicht in Panik sondern habe eher das Gefühl, dass ich durch den Husten und die Erkältung Michaels Sterbeprozess verarbeite. Veränderungen in meinem Leben finden bei mir immer körperlich statt: sofort wird mir gezeigt, dass meine Seele Ruhe braucht, um die anstehenden Prozesse zu verarbeiten. Ein Rest Besorgnis bleibt: ich werde mich morgen beim Arzt untersuchen lassen. Der starke Husten in der Nacht macht mir Angst. Ich mache die Erfahrung aller, die einen Sterbeprozess erleben und für die sich alle schämen: ich beginne, mich nach der Zeit zu sehnen, wenn alles vorbei ist und keine Anrufe mit besorgniserregendem Inhalt mehr kommen. An den Tagen, an denen ich keine Befindlichkeitsmeldung über den Zustand des Kranken erhalte, geht es mir besser.

Montag, 11. Dezember: Ein Mammutärzteprogramm – drei Doktoren an einem Tag – brachte Aufklärung über meine Symptome. Ich habe Keuchhusten, dabei war ich mir sicher, gegen die Krankheit geimpft zu sein. Hinterher stelle ich beim Durchblättern des alten Impfausweises fest, dass dem doch nicht so war. Sicher war ich mir auch, dass es eine Kinderkrankheit ist. Nein, meint der Arzt, auch bei Älteren kann sie vorkommen, meist aber bei über 70-jährigen. Wie bin ich doch schnell gealtert! Der HNO – Arzt ließ zur genauen Diagnose nichts unversucht, überwies mich gleich zum Röntgen, vorn dort in eine weitere Laborpraxis zur Blutabnahme. Auf dem Röntgenbild sind die hellen, entzündeten Stellen deutlich zu sehen. Jetzt weiß ich, warum ich ständig todmüde bin. Ich bekomme Antibiotika und soll mich schonen. Wie gut, dass ich erst den 30. Dezember für einen Besuch beim Vater gewählt habe. Das war richtig, auch wenn es Paula gar nicht gefällt, dass ich nicht sofort anreise. In den Arztpraxen, wo ich immer lange warten muss, fällt mir ein, wie lange die Eltern gezögert haben, einen Arzt wegen Michaels starkem Husten zu konsultieren. Paula meinte zwar, sie hätte Michael zum HNO – Arzt geschickt, der aber offensichtlich kein Röntgenbild machen ließ; ein 11 cm langer Tumor hätte darauf doch sichtbar sein müssen. Paula klagte schon im Oktober, sieben Monate vor unserem Mai – Besuch, über Michaels Husten in der Nacht. Röntgenbilder und Tomographie wurden dann erst im Juni gemacht. Das ist unbegreiflich. Ich kann es mir nur mit Michaels Angst vor Ärzten, Krankenhäusern und jeglicher Art von medizinischer Behandlung erklären, dass er so lange untätig geblieben ist. An Paulas Stelle wäre ich bei dem Husten und seinem Nichthandeln verrückt geworden. Auch ihr Verhalten erscheint mir nicht nachvollziehbar. Ich mache keine Vorwürfe, aber mich erstaunt, dass Michael sich so lange quälte, bis er Hilfe aufsuchte. Das lange Husten schmerzt sehr, das weiß ich aus eigener Erfahrung. Am

Abend telefoniere ich mit Kristofer und schildere ihm meinen Tag und die auftauchenden Gedanken in den Arztpraxen. Er hat vor einiger Zeit schon mit Jana, seiner ehemaligen Freundin darüber gesprochen. Sie ist angehende Medizinerin und kennt dieses Phänomen, dass Menschen aus Angst nicht zum Arzt gehen, um nicht erfahren zu müssen, wie krank sie sind. Jetzt kenne ich es auch, verstehen werde ich es nie.

Dienstag, 12. September. »Neptun sorgt dafür, dass sie mit Gefühlen überschwemmt werden, die sie längst vergessen glaubten. Manche, die seinen Transit durch das 12. Haus erleben, glauben, verrückt zu werden, so sehr kann er alles durcheinanderwirbeln. Diese Erfahrungen sind ein Schock für alle, die bisher glaubten, alles unter Kontrolle zu haben. Was Ihnen diese Erfahrung bringen kann? Dass Sie lernen, Teile Ihres Selbst anzunehmen, auch die, die sie eher verstecken wollten. Im Annehmen Ihrer Ängste lernen sie, gnädig mit sich umzugehen, und das wird gewaltige Auswirkungen im Umgang mit ihrer Umwelt haben, denn auch diese wird von Ihrem dadurch gewonnenen Verständnis und Ihrem Frieden mit sich selbst profitieren.« Diese Passage habe ich mir aus einem Artikel notiert, weil ich wusste, dass mir die geschilderte Erfahrung noch »blühen« wird. Derzeit glaube ich auch, gleich durchzudrehen: Seit Samstag habe ich einen Ring um den Brustkorb, der mir die Luft abschnürt, nachts wache ich mit Erstickungsanfällen auf, habe nackte Angst. Wieder einmal die Angst vor dem Loslassen – es ist mir klar, dass dies nicht nur körperliche Symptome sind: ich gehe durch die alte Familienangst hindurch, die jetzt, mit dem Sterben Michaels, lebendig wird, und durch die ich mit meiner Mutter jedes Mal hindurchgegangen bin, wenn er früher zu seinen Geschäftsreisen aufbrach. Verlustangst, Todesangst; Angst, verlassen zu werden, alleine zu sein. Paulas Kinderängste beim frühen Verlust der Mutter holen auch mich ein.

Donnerstag, 14. September – Die Ereignisse überstürzen sich: Tagsüber ging es mir heute erheblich besser. Die Erkenntnis hilft, dass mein Körper einfach nochmals durch die Symptome der Kindheit hindurchgehen muss, um die drohende Verlusterfahrung und die jetzt in der Herkunftsfamilie herrschende Angst zu bewältigen. Ich nehme mir vor, abends in den Vortrag eines bekannten englischen Mediums zu gehen, bin froh über alles, was den auf mir lastenden Druck etwas löst. Die Frau, die am Mittwoch abend in einer kleinen Buchhandlung ganz in der Nähe meiner Wohnung ein Reading gibt, gehört der Spiritualist Church an, einer freien Kirche in England, deren Mitglieder alle eine Ausbildung absolviert haben. Bereits um halb acht ist der kleine Laden überfüllt. Ich bin gespannt. Acht Uhr: Der Vortrag beginnt. Eine unscheinbare Frau in den Sechzigern betritt zusammen mit einer Jüngeren, rothaarig und ganz in Grün gekleidet, den Raum. Die Frau in grün ist die Übersetzerin. Sie spricht ein kurzes Gebet, bittet die Verstorbenen um Mithilfe, denn das ist heute abend Sinn der Zusammenkunft: alle, die hier sind, wollen eine Botschaft von den Menschen haben, die bereits in der anderen Welt sind. Sie hoffen auf eine Nachricht, die ihnen das Weiterleben erleichtert. Ein Mann sitzt vor mir. Gelangweilt blättert er in einer Zeitschrift, während das Medium direkt vor ihm versucht, sich zu konzentrieren. Es ist spürbar, wie das zur Schau gestellte scheinbare Desinteresse den Energiefluss blockiert, der in Gang kommen muss. Mir ist unbegreiflich, wieso dieser Mann überhaupt hier sitzt und Eintritt bezahlt hat, wenn ihn das Geschehen nicht interessiert. Janet, das Medium, kann deshalb bei einer Durchsage nicht genau sagen, für wen sie ist. Sie blickt in meine Richtung: »Fünf Bluttransfusionen haben nichts genützt«, sagt sie. Michael hat während der schweren Operation fünf Bluttransfusionen erhalten; ich kann mit ihrer Botschaft etwas anfangen. »Verschieb' nichts auf morgen«, und

»Hör' auf, Mutter Teresa zu sein«, setzt sie nach, alles in meine Richtung. »Verschieb' nichts auf morgen« nehme ich mir sofort zu Herzen. Nach einer schlaflosen Nacht setze ich mich um sieben Uhr früh in den Zug und fahre zu den Eltern. Plötzlich ist mir klar geworden, wie sehr mich Paulas Anruf und ihr Brief unter Druck gesetzt haben, der ja auch körperlich enorm spürbar war: wenn Michael am 30. Dezember nicht mehr lebt, bin ich lebenslang die Schuldige, die den letzten Besuch beim todkranken Vater nicht gemacht hat. Obwohl ich mich längst von Michael verabschiedet habe, und sicher bin, dass er zum Jahresbeginn noch leben wird, beschließe ich zu fahren. Eigentlich wollte ich die lange Zugfahrt nicht alleine machen und Philipp wäre gerne beim Besuch dabei gewesen. Heute kann er mich nicht begleiten, da er bei einer Weiterbildung ist. Egal, Paulas Druck und die Botschaft des Mediums wirken. »Verschieb' nichts auf morgen.« Ich fahre trotz des Keuchhustens. Die Zugfahrt gerät zur Reise durchs Winterwunderland: die Sonne scheint auf Landschaften in Raureif. Kirchen, Häuser, Bäume sehen aus wie von Puderzucker bestäubt – ich vergesse meine Müdigkeit und gerate in einen seltsam dösigen Zustand. Beim ersten Umsteigen bleibt Zeit, die Eltern anzurufen und ihnen den überraschenden Besuch anzukündigen: »Daniela hier, Mama. Bereite Deinen Mann schonend darauf vor, dass ich in ungefähr zwei Stunden bei euch sein werde.« – »Kein Problem«, sagt meine Mutter, und die Freude, dass ihr Anruf die gewünschte Wirkung zeigt, ist ihr anzuhören. Zweimal muss ich noch umsteigen, zuletzt in den Regionalzug. Mein Herz weitet sich, je näher ich meinem Heimatort komme. Umso irrealer das Gespräch zweier Burschen in tiefstem Schwäbisch über die Bundesligaereignisse: »Woisch, des hätt i nie denkt, dass der Trainer so a Seggel isch. »Seggel« bedeutet »dummer Kerl« im Schwäbischen. »Ha, no, ond dann schaffet se trotzdem zwei zu null.« Der Dialekt ist lustig – wie so oft in den letzten Wochen zeigen mir andere Menschen deutlich, dass für sie das Leben weitergeht. Mir tut das gut. – Die Viertelstunde Fußweg zum Haus der Eltern ist nach der langen Zugfahrt angenehm zu gehen. Die Haustür steht offen. »Ich hab' mir gedacht, dass du ungefähr jetzt kommen müsstest, komm' rein«, ruft meine Mutter. Wir umarmen uns kurz, sie führt mich gleich zu Michael. Er liegt in einem Krankenbett in seinem früheren Arbeitszimmer. Ich bin überrascht, wie gut das Bett ins Zimmer passt: der Farbton ist passend zur Schrankwand dort, was aber eher Zufall sein dürfte. Neben dem Bett steht der Toilettenstuhl, dessen Plastikwanne unter dem Sitz geleert werden kann. Seit unserem letzten Treffen im Schwarzwald ist Michael durchsichtiger geworden, blasser, seine Haut fühlt sich an wie Papier, er hat nochmals an Gewicht verloren. Vorsichtig setze ich mich an den Bettrand, streichle lange seine dünne Hand, ein Lächeln geht über sein Gesicht. »Weißt du überhaupt noch, wo Hemmenhausen liegt?«, kommt gleich der Vorwurf, dass ich nicht bei Paulas Anruf sofort in den Zug gesprungen bin. Ich schaue ratlos zu meiner Mutter hin, die mich einfach nur anlächelt. »Rede irgendetwas«, sagt ihr Blick. Also rede ich einfach, lobe das in meinen Augen schöne Bett, das so gar nicht nach Krankenhaus aussieht, sage, dass es farblich schön ist, und dass ich mir gar nicht vorstellen konnte, dass es von den Ausmaßen her in das Zimmer passen könnte. Wir – vor allem Michael – schaffen es, drei Stunden zusammen zu sitzen. Das erste Mal im Leben. So lange war mein Vater nur anwesend, wenn Geschäftsfreunde zum Essen kamen. Bei privaten Anlässen verschwand er unmittelbar nach dem Essen stets in den Garten oder das Arbeitszimmer. So redefreudig wie heute kenne ich ihn ansonsten auch nicht: »Nach der Reha im Schwarzwald habe ich noch geglaubt, irgendwann wieder ohne Stock gehen zu können. Darauf habe ich hingearbeitet, wieder aufrecht gehen zu können. Ich hätte nie gedacht, nicht mehr auf die Beine zu kommen. Aber zurück zuhause, war ich immer nur müde, müde, müde. Und als dann der Notarzt kommen musste, und sie mir in der Klinik offen sagten, dass sie nichts mehr für mich tun können, wusste ich, warum ich immer so müde war. Der Krebs hat sich überall ausgebreitet, es gibt keine Heilungschance mehr. Und so warte ich jetzt hier auf meinen Tod.« Er sagt das ganz ruhig. Auch ich bin ruhig. Das bin ich seit den Kindertagen, wenn ich nervöse Unruhe und Angst bei anderen spüre. Verstellen kann ich mich nicht und totale Überraschung angesichts des Krankheitsverlaufes heucheln, schließlich habe ich schon im Mai gedacht, dass dies unser letztes Treffen sein würde. Der Krebs war für mich damals schon deutlich zu erkennen. Nie hätte ich gedacht, dass ich den lebenden Michael noch zweimal sehen würde. Vater bekommt Morphin, drei Mal täglich zwanzig Tropfen und trägt außerdem ein Morphinpflaster. Manchen seiner Äußerungen merkt man die sedative Wirkung des Medikaments an, aber überwiegend nimmt er teil an dem, was gerade gesprochen wird. Er gibt mir sogar Ratschläge, wie ich mich meiner Tochter gegenüber verhalten soll: »Lass' sie das Leben ausprobieren. Es ist gut, was sie macht, sie arbeitet. Sie wird schon wieder auf Dich zukommen.« Wie mir meine Mutter erzählt, hat Kristina regen Kontakt zu den Großeltern und hat dort sogar am Morgen, bevor ich kam, angerufen. Sie arbeitet auf einer Schweinefarm. »Man muss doch Kontakt halten in der Familie«, meint Paula. »Wäre sie meine Tochter, würde ich gleich nach Australien fliegen und schauen, wie es ihr geht.« Die stichelnde Bemerkung lässt mich völlig kalt, da ich genau weiß, wie Paula sich ihrer eigenen Tochter gegenüber verhalten hat: Als da vor zwanzig Jahren die Familienprobleme auftauchten, steckten die damals noch jungen Großeltern lieber den Kopf in den Sand als zu kommen. Was Kristina anbelangt, ist mir jeder Kontakt recht, den sie nach Deutschland hat, denn das bedeutet geringeren Einfluss ihres derzeitigen Partners auf sie. Für mich ist es jetzt noch zu früh, Verbindung mit ihr aufzunehmen, zu heftig haben mich die Beleidigungen ihres Freundes am Telefon geschmerzt, und die seltsam verdrehten Informationen über unser Privatleben, die sie ihm dafür mitgeteilt haben muss. Auch habe ich Angst, dass sie mich an- und abschaltet, wie sie es gerade braucht: wenn sie Stress mit dem Typen hat oder Geld braucht, kommen Anrufe, ansonsten ist Funkstille. Nachdem ich ihr die Kaution überwies, die ich erstritten hatte, hörte ich wochenlang nichts von ihr. Ich will mich nicht mehr ausgenutzt und beschmutzt fühlen und nicht mehr als Mülleimer dienen. Ihr Steve hat mit seiner Telefonaktion ein bereits volles Fass zum Überlaufen gebracht: Ich habe keine Lust mehr auf Muttersein – weder meiner Tochter noch meiner Mutter gegenüber.

»Du musst was essen«, unterbricht mich Paula in meinen Gedanken an die Tochter. Der Hinweis, dass ich keinen Hunger verspüre, ist ihr egal. Sie tischt mir einen Teller mit frischen, grünen Bohnen auf. Natürlich gibt es bei ihr Spätzle dazu. Wir sind in Schwaben und meine Mutter hasst Kartoffeln, Michael mag keinen Reis; also Spätzle. Ich stochere auf meinem Teller herum, esse aber die Bohnen. »Deinem Vater hat's heute auch geschmeckt. Zwei Portionen hat er gegessen.« So viel! Ich versuche, mir nicht vorzustellen, wie dann die Verdauung aussehen wird. Paula scheint zu ahnen, was ich denke: »Ich habe gut zu tun. Seine Verdauung funktioniert immer noch ausgezeichnet.« Mahlzeit! Ich wäre nicht in der Lage, mich über den Appetit des Patienten zu freuen, wenn ich anschließend den Inhalt des Stuhls säubern müsste. Tapfere Paula! Bewundernswert, wie sie die Betreuung bisher meistert, und wie bedenkenlos sie sich dazu bereiterklärt hat, ihn zuhause zu pflegen. Sein ausdrücklicher Wunsch. Jetzt ist Michael aber erst vierzehn Tage zuhause. Ich versuche mir auch nicht, vorzustellen, wie Paulas Befindlichkeit sein wird, wenn Vater länger als ein halbes Jahr bettlägrig ist. Seit ich ihn in seinem schönen Bett am Fenster im Sonnenlicht gesehen habe, schwach zwar, aber wie immer bestens versorgt von der zuverlässigen Paula, kann ich mir durchaus auch vorstellen, dass er noch gar keine Lust hat, zu gehen. Jetzt, wo ich ihm auf seiner Laufgehhilfe, dem Wagen mit Sitz und Einkaufskorb, gegenübersitze, bin ich nicht mehr so überzeugt vom »letzten Treffen« wie im Mai diesen Jahres. Michael will sein Haus nicht verlassen. Das wird kein leichter Aufbruch. Zum dritten Mal sehe ich ihn in diesem Jahr »das letzte Mal.« Diese Besuchshäufigkeit haben wir vor allzu langer Zeit nicht in fünf Jahren zustande gebracht. Mit seinem handlichen Gehwagen sei er vor zwei Tagen durch die ganze Wohnung unterwegs gewesen, erzählt Paula. Ich bin sprachlos angesichts des Mutes, ja, der Tollkühnheit der beiden. Nicht auszudenken, wenn er mit dem Wagen umgekippt wäre. Ich frage mich, wie alles weitergehen soll. Bleibt Paula fit wie bisher, ist alles kein Problem. Wenn nicht? Jedenfalls wirkt sie so, als habe sie die Situation im Griff. Der Pflegedienst kommt zweimal täglich. Mischa, mein Bruder, wohnt mit seiner Frau in der Nähe. Jeder der beiden hat ein Auto, kann also schnell bei den Eltern sein. Michaels Schwester kommt alle zwei Tage mit ihrem Mann. »Ja, die sitzen auch nur am Bett und warten, dass ich die Unterhaltung mache«, meint Paula, als ich sie auf die Betreuung des Kranken anspreche. »Das mag ja sein«, sage ich, »aber sie kommen.« Drei Stunden Unterhaltung mit Michael überwiegend über den Verlauf seiner Krankheit, dazwischen aber auch lange Pausen. Michael erzählt heute gerne. Lange spricht er über seine Besucher. Wie früher im Büro genießt er jetzt die Aufmerksamkeit, die ihm als Krankem zuteil wird. Riesig gefreut hat er sich über seine Geschäftsfreunde aus Italien, die sich sofort ins Auto gesetzt haben, nachdem Paula sie angerufen hatte. Alle Nachbarn waren schon da. In seinen Augen haben sie sich aber über ihn lustig gemacht, über die Schnabeltasse, aus der er vorsichtshalber trinkt und über das Krankenbett. »Na, Michael, jetzt brauchen wir sowas!«, hätten sie gesagt. Ich kenne die Leute und kann mir nicht vorstellen, dass sie es böse gemeint haben. Deshalb meine ich: »Die waren unsicher. Es ist sehr schwierig, was Richtiges in so einer Situation zu sagen.« – »Du verteidigst alles und jeden«, bekomme ich zu hören. Das mag schon sein, aber ich stelle fest, dass Krankheit bestimmte Eigenschaften verstärkt, und ich habe es nie gemocht, wenn die Eltern in meiner Anwesenheit anderen Menschen schlechte Absichten unterstellten. Auch in der jetzigen Situation will ich das nicht tolerieren. Ich bemerke die zunehmende Müdigkeit Michaels, auch wenn er versucht, sie sich nicht anmerken zu lassen. »Ist es euch recht, wenn ich jetzt zurückfahre?«, rege ich an. Paula bin ich dankbar. Sie fragt nicht, ob ich die Nacht über bleiben könnte. Ich kann nicht. Ich bin nicht mehr der kleine Krieger der Kindheit – immer stark, immer an ihrer Seite. Wir haben uns in den letzten Jahren wenig gesehen. Es ist mehr als zehn Jahre her, dass ich die Nacht im Hause der Eltern verbracht habe. Es ist nicht die tödliche Krankheit des Vaters, mit deren Konfrontation ich Probleme habe. Es ist die immer schon vorhandene Eigenheit der Eltern, sich so sehr im Außen zu spiegeln. Andere Menschen sind böse, wenn sie ihnen nicht genügend Aufmerksamkeit zukommen lassen. Ich kann nicht mehr den Bewunderer der Kindheit, den Claqueur geben, der die beiden bestärkt. Ich mache schlapp. Ich schaffe es nicht mehr, der Mutter bei Michaels letzter Reise Trost zu geben. Sie hat meinen Bruder, die Schwiegertochter, ihre Schwägerin, den Schwager, die ihr dieses Mal die Hand halten werden. Ich will weg, nach Hause. Mir ist schlecht, und ich will mit einer Wärmflasche in mein Bett. Mich hat es entsetzlich ermüdet, die Eltern nochmals wie als Kind zu erleben: wie wichtig sie sich selbst nehmen, was für ein großes Thema das Verhalten anderer Menschen gegenüber ihnen darstellt. Was andere sagen, ist sehr, sehr wichtig – trotz Krankheit, trotz schwerer Medikamente, trotz Tod.

Paula und ich schauen nach, wann der nächste, für mich passende Zug fährt. »In der mittleren Schreibtischschublade auf der rechten Seite ist der Fahrplan«, hilft uns Michael vom Bett aus. Stimmt, und wir stellen fest, dass ich in einer halben Stunde fahren könnte. Vaters klare Anweisung hat mich erstaunt. Wenn es um Termine und Fahrpläne geht, wird er munter. Das war ja auch seine Welt. Noch einmal setze ich mich an sein Bett, umfasse seine Hand; küssen will ich ihn aufgrund meiner Erkältung nicht. Er schaut mich an mit Tränen in den Augen. Zum ersten Mal, scheint es mir, wird ihm bewusst, dass wir uns in diesem Leben nicht mehr sehen werden. Für mich ist es das dritte Mal. Seltsamerweise habe ich jetzt, nach dem Treffen am 1. Mai und im Schwarzwald, am wenigsten das Gefühl des Abschieds. Michael wird all seine Kräfte mobilisieren, um so lange wie möglich in seinem Haus und bei Paula bleiben zu können. Er wird liebend umsorgt. Der behandelnde Arzt meint allerdings, es könne »jeden Tag soweit sein.« Derzeit kann ich mir es gar nicht vorstellen, so stark spüre ich, dass mein Vater sein Haus nicht verlassen will. Paula begleitet mich hinaus. »Schau dir das Foto an«, sie deutet Richtung Wohnzimmerschrank, wo die Verstorbenen aufgereiht sind: ihre Eltern, Michaels Eltern. Sie hat bereits jetzt ein Foto von ihm dazugestellt – etwas voreilig, finde ich. Braungebrannt und völlig entspannt lächelnd sieht man den Vater auf dem Foto im Bürostuhl sitzen. Wahrscheinlich hat es ihm eine seiner Büromitarbeiterinnen gebracht, die alle noch einen Besuch bei ihm gemacht haben. »Da siehst Du aber gut aus«, sage ich zu Michael hinüber, da ich das Gefühl habe, er bekommt jedes Wort mit, das hier im Haus gesprochen wird.

Ich versuche mich zu erinnern, ob er auf einem Foto mit der Familie so entspannt lächelnd zu sehen war. Ich kann mich an keines erinnern. »Wir sollten ihm einen Schreibtisch ans Krankenbett stellen, vielleicht wird er dann wieder völlig gesund«, meint Paula. Manchmal hat sie einen unerschütterlichen Humor. Galgenhumor.

*Sommer 1973: auf dem Foto mäht Michael den Rasen – voller Begeisterung und Kraft. Zwei Jahre steht das neue Haus jetzt. Große Tannen sind in einer Ecke des Gartens gepflanzt, das hat Vater gemacht. Die körperliche Arbeit bereitet ihm Freude. Jede freie Minute verbringt er im Garten, ständig pflanzt er Neues, reißt in anstrengender Arbeit Sträucher wieder heraus und setzt neue ein, schneidet Zweige zurück, streicht den Zaun. Sein Haus, sein Garten, sein Zuhause, seine Welt. Neben dem Büro.*

Dienstag, 19. Dezember – Ich wiege mich. Paula hat kein Wort über mein Gewicht erwähnt, also muss ich abgenommen haben. 58 kg, das sind sieben Kilo weniger als bei unserem letzten Treffen vor zwei Jahren. Seit ein paar Monaten esse ich regelmäßig kleinere Portionen, versuche, mich »gesund und ausgeglichen«, wie es in den Apothekenzeitschriften heißt, zu ernähren. Davon konnte früher keine Rede sein, als ich den ganzen Tag nichts gegessen und abends hineingestopft habe, was ich finden konnte: oft Nudeln mit Soße, gerne noch was Süßes hinterher. Meine Essgewohnheiten entsprachen meinem gefühlsmäßigen Zustand: selten ließ ich Gefühle zu, und dann kam in Abständen die emotionale Überschwemmung. Sich regelmäßig versorgen, war mir fremd. Ich kannte nur Extreme. Nicht nur beim Essen, auch bei Beziehungen. Bevor ich Philipp kennenlernte, gab es auch in der Liebe tagelang nichts und dann das Übermaß. So war es in meiner Ehe mit dem während der Woche abwesenden Mann und so war es anschließend als Geliebte: Sehnsucht, Sehnsucht, Sehnsucht, und wenn er dann kam, musste innerhalb von vier Stunden alles Verlangen befriedigt werden.

Eine Karte meiner Tante kommt. Ihr habe ich telefonisch von dem Besuch bei Michael erzählt: »Ist es nicht bedrückend, wie schnell es mit der Gesundheit abwärts gehen kann«, schreibt sie. »Kein Jota können wir zulegen, auch wenn wir uns noch so sehr anstrengen. Eigentlich wäre ich eher dran, abzutreten, aber danach wird nicht gefragt. Gottes Wege sind unergründlich.« Rut ist 83 Jahre alt und Michaels schneller Verfall scheint ihr Angst zu machen. Sie hat ihn noch nicht besucht, seit er aus dem Krankenhaus entlassen wurde, und ich kann das verstehen. Zwischen ihr und Paula waren stets Spannungen, hauptsächlich wegen meiner Kinder. Als sie klein waren, nahm Rut sie jedes Jahr zum Skifahren mit, und ich war ihr dafür sehr dankbar. Deshalb gab es oft böse Eifersuchtsattacken Paulas. Alle Frauen unserer Familie haben es nicht leicht miteinander – ganz besonders spannungsreich aber ist das Verhältnis der beiden Schwestern.

Montag, 1. Januar 2007 – Dauereinsatz in der Küche für mich über die Feiertage: Kristofer war zu Besuch mit unserer künftigen Schwiegertochter Zakiya. Natürlich wollte ich der arabischen Schönheit alles auftischen, was die deutsche Küche zu bieten hat. Wahrscheinlich habe ich auch übertrieben, aber aufgegessen wurde alles: Rindfleischeintopf mit Knödel, Maultaschen, Braten mit Spätzle, Bratkartoffeln, und, und, und. Ich habe mich selbst während des fünftägigen Kochdauereinsatzes etwas überfordert, denn anschließend konnte ich die Küche nicht mehr sehen. Zakiya ist in Kairo geboren, hat Kunst studiert und will so schnell wie möglich nach Deutschland kommen und Kristofer heiraten. Seit dem ersten Treffen der beiden in Washington hat der Blitz eingeschlagen. Als sie sich mehrere Monate nicht gesehen haben, glühten die Handydrähte.

Die Heirat war schnell beschlossene Sache und der einzige Weg, zusammen leben zu können. In Zakiyas Kulturkreis ist Partnerwechsel nicht üblich und Sex vor der Ehe auch nicht. Eine Reise zum Freund nach Deutschland bedeutet Verlobung. Philipp und ich werden uns an den Gedanken gewöhnen müssen, Hochzeit in Kairo zu feiern. Kristofer fuhr mit Zakiya auch zu Rut, seiner Großtante. Zusammen haben sie Michael und Paula besucht. »Ich war so froh, dass ich mit deinem Sohn dort hinfahren konnte«, schildert die Tante am Telefon den Besuch. »Alleine hätte ich mich nicht hingetraut, Paula war so wütend bei meinem letzten Anruf, und ich wusste gar nicht wieso; mit den beiden konnte ich Michael noch einmal sehen. Die haben dann alle englisch gesprochen und deinem Vater hat's gut getan. Ständig hat er zu Zakiya gesagt: »Ist das eine schöne Frau, ist das eine schöne Frau!«

Natürlich auch ein Anruf bei Paula zum Jahreswechsel. Meine Befürchtungen, dass die Pflege zu viel wird, bestätigen sich: »Weißt du, manchmal habe ich das Gefühl, die Krankheit frisst mich auf. Ständig soll ich am Bett sitzen und ihn unterhalten. Auch wenn die Verwandten kommen, soll ich dabei sitzen und für Gesprächsstoff sorgen. Wo ist mein Leben? Das ist alles scheiße derzeit. Kannst du das nächste Mal nicht über Nacht bleiben, dann haben wir mehr Zeit zum Reden?« – »Ja, das werde ich tun«, sage ich und gebe Paula noch den Rat, egoistischer zu sein, wenn Herta, ihre Schwägerin, kommt: »Du musst da wie bei der Kindererziehung denken: sobald jemand kommt und dich entlasten kann, tust du etwas für dich.« Ich kann meine Mutter verstehen, wirklich helfen kann ich ihr nicht. Was sie jetzt ertragen muss, ist die Zuspitzung ihrer gesamten Situation: alles richtet sich nach meinem Vater. Das war vor über dreißig Jahren schon so, und jetzt ist es durch die Pflege zur Extrembelastung geworden. Für mich sind heute noch die Erinnerungen an seine immerwährende

Dominanz zu stark, als dass ich die selbstlose Pflegerin geben könnte. Paula richtete stets ihr gesamtes Leben nach ihm aus. Als Michael noch gesund war, wollte die Volkshochschule sie als Italienisch –Lehrerin für drei Doppelstunden in der Woche. Michael war dagegen, also sagte meine Mutter ab, obwohl sie Freude am Unterrichten hat. Natürlich würde ich Paula jetzt gerne entlasten, sie massieren, mit ihr reden, ganz die verständnisvolle Tochter sein. Aber ich schaffe es nicht, in die Atmosphäre einzutauchen, wo ich innerhalb kürzester Zeit Migräne und Bauchschmerzen als Reaktion auf die spürbar heftigen Emotionen bekomme: Paula leidet unter ihrem Mann, so wie sie ihr Leben lang gelitten hat, und lässt ihr Leiden alle spüren. Das Telefonat scheint Stress für mich bedeutet zu haben, denn anschließend verspüre ich enorme Lust auf Zucker. Wie früher! Hefeteilchen, dick mit Marmelade gefüllt, und mit Puderzuckerglasur brauche ich jetzt. Mmmmhhh! Süße Teilchen halfen mir schon immer gegen schwarze Gedanken. Seit kurzem weiß ich auch wieso: Kohlenhydrate heben den Serotoninspiegel an, ähnlich wie beim Sporttreiben schüttet der Körper Hormone aus, die gute Laune machen. Depressive Menschen essen gerne Kohlenhydrate und neigen deshalb zur Gewichtszunahme. Dieses Problem kenne ich, weil ich schon während der Grundschule begann, viel Süßes zu essen. Nach dem Mittagessen besorgte ich mir fast jeden Tag drei Streusel mit Zuckerguss vom Bäcker um die Ecke – mein kleines Dessert. Paula gab mir widerspruchslos das Geld dafür. Sie wusste, dass ich mit den Teilchen anschließend in meinem Zimmer verschwinden und mich den Nachmittag dort lesend, kauend und Schulaufgaben machend, beschäftigen würde. Als Teenager aß ich weiter Süßes, mit Vorliebe frisches Weißbrot, dick bestrichen mit Haselnussbutter. Das so angefressene Fett war wohl der Panzer gegen das Nichthandeln können nach außen. Frustfressen. Sobald ich mein Abitur hatte, wollte ich weg, alles anders machen, als ich es in der Familie erlebt hatte, kein frustriertes Mutterleben führen sondern berufstätig sein. Kinder wollte ich haben, die sich nicht langweilen sondern alle Ecken der Welt sehen sollten. Hans, den ich noch während der Schulzeit kennenlernte, war allerdings beruflich mehr unterwegs als mein Vater es gewesen war. Sechzehn Jahre älter als ich, immer in Anzug und Krawatte, repräsentierte er genau das, wovor ich eigentlich Reißaus nehmen wollte: der Geschäftsmann, der elegante Typ im Blazer, das Schema meiner Kindheit.

*16. August 1978 (Tagebuch): Ich bin so glücklich mit Hans. Er liebt mich, verwöhnt mich, will sogar Kinder mit mir. Mein geplantes Studium in zwei Jahren, gleich nach dem Abitur, will ich aber durchziehen, da bin ich mir sehr sicher. Ich habe keine Lust, in ein paar Jahren die frustrierte, hemdenbügelnde Ehefrau eines sogenannten Geschäftsmannes zu sein, deren einzige Adrenalinzufuhr darin besteht, sich über dessen kleine Freundinnen aufzuregen. No, Sir!*

Welche Weitsicht mit siebzehn Jahren – darüber wundere ich mich noch heute! Ein Teil meiner damaligen Klarsicht ist Realität geworden. Die ›kleinen Freundinnen‹ des Geschäftsmannes realisierten sich, sie waren auch einer der Hauptgründe für die Scheidung Jahre später. Aber meine einzige Adrenalinzufuhr waren sie nicht: anders als Paula war ich neben der Erziehung der Kinder berufstätig. Das war mein Glück, denn so konnte ich aktiv werden und handeln, als der Geschäftsmann begann, mir auf der Nase herumzutanzen, die geschäftlichen Termine immer mehr wurden, der Aufbruch zu den Seminaren plötzlich am Sonntag erfolgte, und, am Ende der Beziehung, Briefe und Anrufe meine seit Jahren vorhandene Ahnung bestätigten. Ich setzte ihn vor die Tür. Mein Bruder Mischa ist auch Geschäftsmann geworden und führt ein Leben mit noch mehr

Abwesenheit von der Familie als es bei unserem Vater üblich war. Immerhin ist er nicht wochenlang auf anderen Kontinenten unterwegs.

2. Januar 2007 – Jetzt habe ich die Antwort darauf, was Kristinas Verhalten und das, was sie gerade erlebt, mit dem Sterben meines Vaters zu tun hat. Der Nebel hat sich gelöst: Das Verhalten von Kristinas Freund hat mich von meinem »Super-Mami –Mythos« befreit. Meinen Kindern wollte ich immer die perfekte Mutter sein, ihnen zur Seite stehen, wann immer sie es brauchen. Von Kristina fühle ich mich im Stich gelassen, weil sie sich seit den Beleidigungen vom vergangenen Juli nicht entschuldigt hatte. Das ist aber gut so, denn ohne diese Ernüchterung hätte ich versucht, jetzt bei Paula wieder die »Super-Tochter« zu geben, obwohl meine diesbezüglichen Versuche bereits früher schon alle gnadenlos gescheitert sind. Kognitiv, vom Kopf her, weiß ich, dass niemand ihr immer noch bedürftiges, inneres Kind heilen kann, aber meine Schuldgefühle, die sie gekonnt wachzurütteln versteht, drängen mich dennoch, zu ihr zu fahren, ihr helfen, sie retten zu wollen. In der Zeit, als ich selbst Mutter war, hatte ich einen großen weiblichen Bekanntenkreis und stets ein offenes Ohr und gute Ratschläge für alle leidenden Frauen um mich herum. Bis ich irgendwann feststellen durfte, dass die meisten an ihrem Leben gar nichts verändern wollten. Sie brauchten nur gelegentlich jemanden, der sich ihre Sorgen anhörte. Die Frauen jammerten zwar über ihre Männer, blieben aber in ihren Beziehungen und wollten diese auch gar nicht ihren Bedürfnissen entsprechend umgestalten. Genau wie meine Mutter. Scheinbar war ich die Starke, der alles mühelos gelang, die das Unmögliche möglich machte, zwei Kinder im Abstand von zwei Jahren zur Welt brachte, nebenher ihr Studium beendete und einen gutbezahlten Job ergatterte. Wie schon in meinen Kindertagen hatte ich Schuldgefühle, wenn andere sich nicht ebenso durchsetzen konnten

wie ich. Ich war beseelt von dem Retter-Syndrom, allen helfen zu müssen, die mich beneideten, bewunderten oder auch dafür hassten, dass ich scheinbar mühelos Beruf und Familie vereinbaren konnte. Die ungeheure Disziplin, die ich von mir erwartete, war von außen nicht zu sehen.

Mittwoch, 3. Januar 2007 – ein Traum von Manuela, einer meiner Schulfreundinnen. Sie war das quicklebendige Ergebnis der Liebe ihrer Mutter zu einem ägyptischen Studenten, der 1960 ein Zimmerchen bei ihren Eltern bewohnte – gleich neben dem Mädchenzimmer. Manuelas Mutter war damals siebzehn Jahre alt, und das »Mischlingskind« fiel auf im katholischen Städtchen. Trotz Kind gelang ihr die Heirat mit einem deutschen Mann. Zwischen Michaela und dem Stiefvater gab es große Probleme. In der Zeit, als ich mit Manuela befreundet war, sprach sie von nichts anderem, als dass ihre Mutter doch erkennen müsste, mit welchem Idioten sie verheiratet war. Sie hasste den autoritären Stiefvater, der zudem noch sehr von sich selbst überzeugt war. Nicht nur Manuela machte er ständig Vorschriften sondern auch seiner Frau, die sich nicht dagegen wehrte. Stets wollte Manuela die Mutter retten und ihr aufzeigen, dass sie bestens ohne ihren Mann leben könnte. Gelungen ist es ihr nicht. Manuelas Mutter starb mit 57 Jahren an Brustkrebs. »Wir müssen uns von dem Glauben verabschieden, dass wir die, die wir lieben, vor allem Unangenehmen beschützen können – ein Satz, den ich in einem Buch über das Sterben gelesen habe.

Samstag, 13. Januar– Philipp war die ganze Woche beruflich unterwegs. »Du, deine Mutter hat angerufen, aber ich war doch nicht da«, sagt er, gleich nachdem ich zur Tür bei ihm hereinkomme. Ich bin verwirrt. Mit Paula hatte ich vereinbart, dass sie mich auf meinem Handy anrufen wird, wenn sich Michaels Zustand völlig verschlechtert. Wieso ruft sie jetzt bei Philipp an? Sie weiß, dass wir nicht zusammenwohnen.

Michael spielt das Band des Anrufbeantworters ab. Paula, mit vorwurfsvoller Stimme: »Dein Vater liegt im Sterben. Wenn du ihn nochmals sehen willst, ruf' an.« Ich weiß nicht, wieso ich anrufen soll. Von Michael habe ich mich verabschiedet. Meine Mutter hat Mischa um sich, seine Frau, die Schwester meines Vaters und deren Mann. Meinen Bruder habe ich seit zehn Jahren nicht mehr gesehen, die anderen Verwandten seit dreißig Jahren nicht. Ich will nicht mit Menschen am Sterbebett des Vaters stehen, mit denen ich nichts zu tun habe, Menschen, die jahrzehntelang nichts von sich hören ließen, und die Paula plötzlich vor vier Wochen um sich geschart hat, weil sie glaubte, meinen Vater nicht ohne Beistand begleiten zu können. Mein Bruder rennt seit Jahren weg, wenn ich einen Besuch bei den Eltern ankündige. Wieso soll ich mich mit Fremden in einem für mich ganz persönlichen Moment treffen? Von Michael habe ich längst Abschied genommen, unsere Seelen haben sich berührt, als ich ihn im Schwarzwald besucht habe. – Ich rufe dennoch bei Paula an. Niemand meldet sich. Plötzlich summt mein Handy, eine SMS: »Vater ist gestorben. Mittwoch ist Beerdigung.« Es folgt eine mir unbekannte Telefonnummer, die meines Bruders nehme ich an. Wir haben nie miteinander telefoniert, aber Paula wird ihm wohl meine Nummer gegeben haben. Wieso hat sie dann aber nicht mich sondern Philipp angerufen, um mir mitzuteilen, dass Michael im Sterben liegt? So konnte ihr Anruf mich ja gar nicht rechtzeitig erreichen. Seltsam ist das, ich kann aber gar nicht weiter darüber nachdenken, in meinem Kopf überschlägt sich alles.

Ich weiß nicht, wie ich am Mittwoch die Beerdigung überstehen soll. Der Husten kam zurück, Brust, Rippen, Oberkörper schmerzen, ich habe Angst, eine Lungenentzündung zu bekommen. Philipp wird mich begleiten, alleine würde ich die fünfstündige Zugfahrt nicht schaffen. Zurück müssen wir ja auch wieder – ich kann dort nicht übernachten. Mein Handy klingelt; es ist Paula: »Beerdigung ist Mittwoch, 14 Uhr. Wieso kommst Du nicht? Ich hatte erwartet, dass Du kommst, wenn es mit ihm zu Ende geht!« – »Dein Anruf hat mich viel zu spät erreicht!« Ich wehre mich gegen ihre Vorwürfe. »Wieso rufst Du bei Philipp an? Du hast doch meine Handynummer, sonst hättest Du mich ja jetzt nicht anrufen können?« Wie immer gelingt es uns, im Chaos weiteres Chaos zu produzieren. »Ach, das ist doch jetzt egal«, meint Paula. »Wann kommst Du? Du wirst doch vorher hier übernachten?« Ich sage ihr, dass ich krank bin und Philipp gerade erst von einem Seminar zurück ist. Wir werden nicht übernachten und Mittwoch direkt zur Beerdigung kommen. »Ja, ja, Du bist oft krank«, höre ich am anderen Ende der Leitung. »Was soll ich dann sagen? Dann mach's gut. Gute Besserung. Wir sehen uns am Mittwoch.« Aufgelegt. Ich kenne diese Reaktionen, die Schuldvorwürfe, das plötzliche Auflegen des Hörers. Paulas Ärger kann ich sogar verstehen, ihm abhelfen kann ich nicht. Deshalb setze ich die Tätigkeit fort, bei der sie mich gerade unterbrochen hat: ich suche die Kleidung für die Trauerfeier heraus.

Sonntag, 14. Januar – Immer wieder bin ich nachts aufgewacht wegen stechender Bauchschmerzen, dreimal war ich auf der Toilette. Die Schmerzen halten an. Kalt war mir, obwohl das Zimmerthermometer 20 Grad anzeigt. Kurzzeitig fühle ich mich wie als Kind, wenn der Vater weg fuhr, kalt, allein, im Stich gelassen, ausgesetzt. Es ist ein gutes Gefühl zu wissen, dass ich nicht mehr in dem Haus der Kindertage gefangen bin, hilflos den starken Verlustängsten der Mutter ausgeliefert, wenn er zu seinen Reisen aufbrach. Deshalb ist es mir völlig unmöglich, dort jetzt zu übernachten. Alle Erinnerungen würden noch wacher als hier in meiner Wohnung, wo ich mich geborgen und sicher fühle. Morgen werde ich rausgehen, mich unter Menschen mischen, vielleicht sogar irgendwo einen Kaffee trinken. Hauptsache, Menschen um mich herum, die mich nicht kennen. Ich brauche jetzt die anonyme Menge. Starke Emotionen kann ich nicht ertragen, die hatte ich in den letzten Wochen zur Genüge. Am Mittwoch werde ich ihnen wieder begegnen und mein Körper wird mit Bauch- und Rückenschmerzen darauf reagieren. Ich bin so erleichtert, dass ich bei mir bin. Meditation hilft mir. Ich mache Tratak: eine Kerze wird angezündet, auf dem Boden sitzend, versucht man, lange in das Licht zu starren ohne zu blinzeln. Dabei kommen mir die Tränen, was völlig normal ist. Ich bin froh, dass ich auf diese Weise weinen kann. Während der Meditation sehe ich in dem Licht der Kerze zwei Lichter, die sich aufeinanderzubewegen. Für mich sind die beiden Lichter mein Vater und seine Mutter. Mich tröstet der Gedanke, dass ich jetzt sehe, wie Michael seiner Mutter begegnet, die schon lange vor ihm gestorben ist, und die ihn sehr liebte.

Montag, 15. Januar – Nachts wache ich mehrmals auf, das Gespräch mit Paula kommt mir in den Sinn. Ich habe keine Schuldgefühle, dass ich so deutlich ihr gegenüber war, der Witwe. Noch einmal kann ich es nicht ertragen, die Lethargie, die Totenstarre der Kindheit erleben zu müssen, hilflos einem Gefühlswirrwarr ausgesetzt, der mich damals im wahrsten Sinn des Wortes umwarf. Paula bemerkte es nicht. Es war Amma, meine über alles geliebte Kinderfrau, die sie darauf hinwies, dass ich nicht mehr aufstand und nur noch liegenbleiben wollte. Paula hat mir oft erzählt, wie wir beide zusammen unter Vaters Abwesenheit litten, wie erstaunt sie war, meinen Schmerz gar nicht wahrnehmen zu können, weil sie so mit ihrem eigenen beschäftigt war. Jetzt sind wir beide erwachsen, Mutter und ich. Sie ist eine starke Frau, die ihre Energien oft nicht offensiv selbst sondern über den Ehemann ausgelebt hat wie so viele Frauen ihrer Generation. Ihre Unzufriedenheit über dieses Verhalten, vielleicht Wut und Frust über ein nicht gelebtes Leben, all das kann ich ihr nicht mehr abnehmen. Jetzt muss, kann und wird sie ihren Weg alleine gehen. Helfen kann ich nicht mehr. Mein Körper will nicht mehr die Emotionen mir nahestehender Menschen mittragen.

Mittwoch, 17. Januar – Die Gedenkfeier. Der Sarg steht aufgebahrt in der kleinen Kapelle auf dem Hügel über der Stadt, darauf ein großes Gesteck mit Rosen und Lilien. Philipp und ich nehmen zusammen mit meinem Bruder, dessen Frau und unserer Mutter in der ersten Reihe Platz. Kurz zuvor stand der Sarg noch offen in der Aussegnungshalle des Friedhofs. Stumm stehen wir neben dem toten Michael, der in einem viel zu großen Anzug aufgebahrt wurde. Ein ausgetrockneter Körper, ein Gesicht, das noch mehr zur Maske erstarrt ist. Absurde Gedanken tauchen auf: dem lebenden Michael wäre sicher eine despektierliche Äußerung zu diesem Anblick eingefallen, wenn er sich überhaupt zu einer Trauerfeier aufgemacht hätte. An Beerdigungen hatte er stets wichtigere Termine. Ich habe keine Empfindung gegenüber diesem toten Körper, der da im Sarg liegt. Als Letzte verlasse ich die Halle, berühre mit den Fingern leicht noch einmal den Mund der Mumie. Michael ist weg, weit weg. Beim Rausgehen ein Blick zurück: der Bestatter klappt mit bemüht ernstem Gesicht den Deckel zu. Draußen stelle ich mich zu meiner Mutter, der von allen Seiten kondoliert wird. Mir gibt niemand die Hand, obwohl ich direkt neben ihr stehe. Keine Gedanken; ich verstehe nicht.

Ein einstündiger Gottesdienst folgt, mit dessen christlichem Ritus ich wenig anfangen kann. Trotz des Besuchs einer katholischen Schule und der dementsprechenden Erziehung habe ich bei allen Anlässen Schwierigkeiten, die diese Religion mit sich bringt: meine Erstkommunion, die meiner Kinder, kirchliche Heiraten, jetzt der Trauergottesdienst, alles Anlässe, bei denen ich anwesend bin, um der Pietät zu genügen, gleichzeitig habe ich das Gefühl, weit weg zu sein. Die ritualisierten Abläufe einer mir fremd gebliebenen Religion sind kein Trost für mich.

Zusammen mit Philipp verlasse ich als Letzte die Kirche, höre draußen schon das erleichterte Gelächter der Trauergäste. Für sie ist alles vorbei, jetzt folgt der gesellige Teil. Beisammensein bei Kaffee und Brezen – wir sind im Schwabenland – in einem nahen Gasthaus. Bislang hat mein Bruder weder Philipp noch mich begrüßt oder ein Wort an uns gerichtet. Als wir Platz genommen haben, setzt sich Mischa mit seiner Frau sofort an einen weit entfernten Tisch im Lokal. Der Pfarrer setzt sich zu Paula und uns. Er findet gleich Gesprächsstoff mit Philipp, der auch auf einer Priesterschule war und bleibt lange da. Ich bin froh, denn so vergeht der Nachmittag schneller. Paula erzählt von Michaels letzten Tagen, als er vollgepumpt mit Schmerz-mitteln delirierte. Herta, ihre Schwägerin, die uns bisher auch nur mit wütenden Blicken traktierte, gesellt sich zu uns und be-ginnt dem geistlichen Herrn Einzelheiten der Ausscheidungen ihres verstorbenen Bruders zu berichten. Schnell flüchte ich mich auf die Toilette. Kurz vor unserem Aufbruch spricht Philipp erstmals meinen Bruder an und stellt sich ihm vor, bedauert, dass sich während des vierstündigen Beisammenseins keine Möglichkeit zu einem Gespräch ergeben habe. Mischa schaltet seinen stets schnell veränderbaren Charakterschalter auf »freundlich« und unterhält sich plötzlich angelegentlich mit Philipp. Mich wundert es nicht. Mein jetzt dicklich gewordener Bruder, einst der Sunnyboy der Familie, war als Kind schon der Spielball der Eltern. Jetzt, als knapp Vierzigjähriger, steht er immer noch unter der Fuchtel seiner Mutter, und scheint auch den Stimmungen seiner Ehefrau hilflos ausgeliefert. Er erzählt, dass er auch die kommende Nacht bei der ängstlichen Mutter schlafen wird. »Macht nichts«, sagt seine Frau neben ihm fröhlich. »Mir fehlt er nicht.«

»Was ist mit Dir?« fragt Paula mich beim Abschied. »Du bist anders, wie ein Geist, so kenne ich dich nicht.« – »Jeder nimmt auf seine Weise Abschied«, antworte ich. »Ich kann jetzt noch nicht so viel reden.« Sie weiß nicht, was sie mit mir anfangen soll, lässt mich stehen. Philipp und ich eilen höchst erleichtert zum nahgelegenen Bahnhof. Die Rückfahrt ist angenehm, wir haben die Zeremonie hinter uns und sind froh, als wir zurück in unseren Wohnungen sind.

Donnerstag, 18. Januar – Ein Traum: Ich gehe mit Michael zu einer Grenze. Strahlend sieht er aus, jung, er hat eine sehr lebendige und ansteckende Lebensenergie. Ich weiß, dass er an der Grenze von jemandem abgeholt werden soll. Dort angekommen, erfahren wir, dass es Maria, seine Mutter, meine Großmutter sein wird, die ihn in Empfang nimmt. Eine junge Frau kommt in einem kleinen Auto angefahren. Sie steigt aus und hat beim Zugehen auf uns dieselbe ansteckende Lebensenergie wie mein Vater. Sie ist groß und schön mit ihren hellen, offenen Augen und dem gutgeschnittenen Gesicht. Sie trägt einen langen, schmal geschnittenen Rock im Stil der 30-er Jahre. Der Oma, die ich kenne, ähnelt sie überhaupt nicht, aber sie ist meine Oma, das spüre ich an ihrer energetischen Ausstrahlung. Sie nimmt Michael in Empfang. Eine kurze Umarmung zwischen ihm und mir, dann setzen sich beide in ihr Auto und brausen davon. Ich bleibe zurück, angefüllt mit einer vibrierenden Energie.

# Wut

**9.** März 2007 – Ich glaube es nicht, es darf nicht wahr sein, ich fasse es nicht: ich erhalte einen anonymen Anruf, eine weibliche Stimme, die ich nicht kenne:« Ich will meinen Namen nicht nennen, aber Sie sollten es wissen. Ihre Mutter und Ihr Bruder erzählen überall herum, dass sie sich nicht um Ihren kranken Vater gekümmert und Ihre Mutter mit der Betreuung völlig alleine gelassen hätten. Ich will Ihnen das sagen, weil ich Sie kenne und nicht glaube, dass das so stimmt.« Den ganzen Tag kann ich keinen klaren Gedanken mehr fassen. Am Abend wird mir schlagartig klar: die Anruferin muss recht haben, denn nur das erklärt meine Wahrnehmungen bei der Trauerfeier. Dort konnte ich gar nicht trauern, so sehr blockierte mich diese Mischung auf Wut und Hass, die ich bei den Verwandten und einigen der Trauergäste wahrnahm. Einmal mehr hatte Paula Gebrauch gemacht von ihrer Fähigkeit, Menschen von einem auf den anderen Tag fallenzulassen, die nicht ihren Vorstellungen entsprechend handelten. Jetzt war ich dran. Die Trauerfeier zieht nochmals vor meinem geistigen Auge vorbei. Obwohl ich direkt neben Paula stand, und das ganze Städtchen mich kennt, kondolierte mir niemand. Die Freunde meines Bruders schauten mich herausfordernd an, während sie Paula kondolierten; die vor kurzem von Paula angeheuerten Verwandten blickten durchweg aggressiv um sich und redeten kein Wort mit Philipp und mir, mein Bruder auch nicht. Bislang wollte ich mir nicht eingestehen, dass dieses mehr als unhöfliche Verhalten einen Grund hatte, vor allem wollte ich nicht klar damit konfrontiert sein müssen, dass dieser Grund Paula hieß. Mein Unterbewusstsein war wie immer viel schlauer und wusste alles schon. Jetzt war mir klar, warum ich Paula in den letzten Wochen nicht anrufen konnte, obwohl, wie immer, die

Schuldgefühle da waren. ›Du müsstest doch anrufen, sie ist Deine Mutter, und jetzt die bedauernswerte Witwe.‹

Ich konnte nicht. Vorbei die Zeit, als ich, nach außen scheinbar lässig, mein Leben mit Ganztagsberufstätigkeit, dem Haushalt und zwei Kindern gemanagt habe, ohne zu jammern oder Hilfe zu verlangen. Die Anerkennung der Eltern hätte ich gerne mal gehört, wenn ich am Wochenende mit beiden Kindern fast tausend Kilometer zurücklegte, um einen Besuch zu machen. Statt dessen kamen bösartige Bemerkungen: »Die soll bleiben, wo sie ist. Nur, weil sie jetzt geschieden ist, braucht sie nicht zu kommen, um mit Dir Cognac zu trinken«, war einer von Paulas Kommentaren auf meinen ersten Besuch nach dem Scheitern meiner Ehe. Als ich später einen wesentlich älteren Freund hatte, hieß es: »Ja, ja, reiche Rentner ausnehmen, das würde mir auch gefallen.« Stets war ich über ihre Bosheiten in all den Jahren großzügig hinweggegangen. Sie war meine Mutter, da muss man verzeihen. Muss man? Selbst wenn es so sein sollte, dann kann ich es nicht mehr. Mein Körper spielt das alte Spiel nicht mehr mit. Meine Bauchschmerzen, inzwischen Bauchkrämpfe, verschwinden nicht, obwohl ich alle meine Ärzte deswegen konsultiert habe. Mittlerweile bin ich auf Zysten, Würmer, den Blinddarm und die Gallenblase untersucht worden. Die Blutuntersuchung ergab Parasitenbefund! Wie passend! Genauso fühle ich mich: als sei mein Körper von ekelhaften Mitessern fremdbesetzt, als habe jemand die ganze Zeit auf meine Kosten gelebt, sich von meinen Schuldgefühlen ernährt. Körperlich brachte zunächst eine Wurmkur Abhilfe, aber jetzt geht es schon wieder los: Bauchkrämpfe nach jedem Essen. Mein Körper zeigt mir schon mein ganzes Leben lang, wenn etwas nicht stimmt und mein Verstand sich weigert, zu begreifen, was für ihn zunächst unbegreiflich scheint. Das war vor meiner Scheidung so, als ich wegen den Kindern noch versuchte, in einer energetisch toten Beziehung weiterzuleben und mich ständig abgeschlagen, wie tot, fühlte; ebenso vor meinem Berufswechsel, als mir büschelweise die Haare ausfielen und ich einsehen musste, dass ich wegen des Geldes nicht mein Leben aufs Spiel setzen darf. Auch jetzt wird mir deutlich gezeigt, dass es mit meiner Großzügigkeit gegenüber der mütterlichen Boshaftigkeit vorbei sein muss. Paulas lebenslange heftige Emotionen sind meinem Körper zu viel. Jetzt geht es wirklich nicht mehr. Ich muss mich von meiner Mutter abnabeln. Schon als Kind habe ich körperlich mit Apathie reagiert, wenn ich mit ihrer Wut wegen der langen Reisen des Vaters konfrontiert war; ich habe auch dann noch Kontakt mit ihr gehalten, als sie mich wütend attackierte, weil ich es wagte, zu meinem Freund, dem späteren Ehemann zu ziehen, alle gemeinen Bemerkungen, jegliches aufgebrachte Verhalten konnte ich tolerieren. Es geht nicht mehr. Jetzt war sie nicht damit zufrieden, dass ich Michael im Schwarzwald besucht hatte, es genügte ihr nicht, dass ich ihn vor seinem Tod sah, nein, bei ihr hätte ich sitzen sollen, mit dem Bruder, dessen Frau, ihrer Schwägerin, dem Schwager, ihre Hand hätte ich halten sollen. Nicht um den Verstorbenen ging es hier, nein, Paula war einmal mehr die Hauptperson des ganzen inszenierten Dramas. Für die Nebenrollen hatte sie die Verwandten vorgesehen. Und ich nahm mir heraus, nicht die von ihr zugewiesene Rolle einzunehmen. Dass ich dazu nicht in der Lage war, war völlig egal. Wichtig war die Inszenierung. Und dabei hatte ich nicht mitgewirkt. Deshalb wurde ich gnadenlos von ihr abserviert. Was ich in all unserer gemeinsamen Zeit für unsere Beziehung als Kind erduldet und als Erwachsener toleriert und hingenommen hatte, spielte dabei überhaupt keine Rolle. Die Königin kippte mich aus dem Schachfeld ihres Lebens wie jede andere beliebige Figur. Plötzlich, nachdem sie nach dreißig Jahren Funkstille wieder mit Schwager und Schwägerin sprach, und sich diese in den letzten vier Wochen Leben ihres Mannes kontaktfreudig gegenüber dem Sterbenden zeigten, war ich überflüssig und verachtenswert geworden.

Donnerstag, 15. März – Entsetzt bin ich, welche Gefühle jetzt aus mir herausbrechen. Paulas Verhalten hat Erinnerungen geweckt: an das Einsamkeitsgefühl in der Zeit, als ich mit den Kindern zusammenlebte, und gerne am Telefon ein bisschen länger mit der Mutter geredet hätte: »Wir müssen Schluss machen«, hieß es nach knapp zehn Minuten, »das wird sonst zu teuer.« Die Eltern wollten ihre Ruhe haben, das war mir schnell klar. Lieber kurz telefonieren, nach dem Wetter und dem Abendessen fragen, dann fing die Tochter hoffentlich nicht mit ihren Problemen an. Dabei tat ich das nie, schon früh hatte ich verinnerlicht, dass bei den kurzen telefonischen Rapports am Wochenende nur Erfolgsmeldungen gefragt waren. Probleme machte ich mit mir selber aus.

*20. Februar 2002 – ein Traum: zusammen mit anderen schwimme ich in Scheiße. Am Rand des braunen Sees steht eine alte Frau, die uns zuschaut. Plötzlich sehe ich am Ufer einen Mann im Anzug, der ganz wild darauf ist, Leute einzustellen, die gewohnt sind, in Fäkalien zu schwimmen. Als ich ans Ufer gehe, um mich von ihm begutachten zu lassen, bricht die alte Frau in Tränen aus und sagt zu uns: »Was müsst ihr emotional hinter euch haben, um diese Tätigkeit machen zu können!«*

Nie werde ich diesen Traum vergessen; er beschreibt die Energien meines bisherigen Lebens, sowohl die heftigen, schwarzen Emotionen meiner Kindheit, die Ängste, Depressionen, die Unaufrichtigkeit, die mich ständig umgab. Mein späteres berufliches Umfeld war dann die Fortsetzung des in der Kindheit Erlebten: Angst, Zorn, Wut, Eifersucht, Minderwertigkeitskomplexe, ein harter Konkurrenzkampf (»wer ist der Beste?«), all das garniert mit einer unerträglichen Portion Macho-Größenwahn. Bis mir die Haare ausfielen und meine jährlichen Erkältungen sich zu wochenlang dauernden Nasennebenhöhlenentzündungen auswuchsen, fühlte ich mich in diesem Klima sehr zuhause. »Das Gehirn liebt Bekanntes«, erklärt mir die Therapeutin, die ich nach meinem Weggang aus diesem Biotop aufsuche. »Das Unterdrücken von Gefühlen war ihnen bekannt, also waren Sie genau die Richtige für einen Beruf, in dem diese Eigenschaft zum Hauptbestandteil gehört. Das Zurückhalten von Gefühlen entlädt sich dann gerne in sogenannten Katastrophen. Meist erleben Menschen, die in einem solchen Umfeld arbeiten, diese dann bei ihren Angehörigen: Partner bringen sich um, Kinder werden verhaltensauffällig. Die Familie hat den undankbaren Part, den vermeintlich Starken darauf aufmerksam zu machen, dass er wesentliche Teile von sich nicht lebt und vernachlässigt. Dies scheint das Thema unserer gesamten Sippe zu sein: Schon mein Großvater, Paulas Vater, war »streng, aber gerecht«, wie ihn eine seiner Töchter heute noch beschreibt, ein Steinbock wie er im Astrologiebuche steht. Letztendlich war wohl etwas zu viel Strenge in der Partnerschaft, denn meine Großmutter wählte mit 38 Jahren Suizid als Ausweg. Starke Gefühle werden in dieser Familie gerne durch heftige Aktionen bearbeitet – das Miteinanderreden ist eher fremd. Das war mein Problem mit den Eltern, es ist das Problem meiner Mutter bei all ihren Beziehungen und ihrer Enkelin, meiner Tochter: Wut, Aggression, alle unangenehmen Gefühle, werden nicht ausgesprochen sondern so lange unter den Teppich gekehrt, bis es nicht mehr geht. Paula hat bis zum heutigen Tag das Trauma der Fünfjährigen, die ihre Mutter verliert, und mit der niemand spricht, nie bearbeiten können. Ihre starken Ängste, die Panik, wenn nicht alles so funktioniert, wie sie sich das vorstellt, sind die Gefühle des kleinen Kindes von damals. Alle ihr Nahestehenden, ihr Mann, die Kinder und Geschwister kennen dieses orale Verhaltensmuster und leiden darunter. Wir machten alle mit beim Spiel des »Ist-doch-nicht-so-schlimm-wir-schaffen-das-doch« und überforderten uns maßlos. Für mich ist damit Schluss; mein Körper verträgt die Co-Abhängigkeit nicht mehr.

20. März 2003 – Die Rückenschmerzen werden schlimmer, wahrscheinlich wegen der vielen Gedanken, die ich mir mache. Ich gehe ins Fitnessstudio, vielleicht helfen die Geräte dort. Mit Anke komme ich ins Gespräch, auch sie kennt meine Ablösungsprobleme. »Als ich siebzehn war, habe ich noch von meiner Mutter Ohrfeigen bekommen, »erzählt sie. »Längstens bis zum Abitur mache ich das mit, das habe ich mir damals fest vorgenommen, und bin sogar zum Jugendamt gegangen und habe mich beraten lassen. Meine Mutter hatte immer dieselbe Masche: Es war völlig egal, was wir Kinder gesagt und getan haben, sie hat sich alles so zurechtgelegt, dass wir immer ein schlechtes Gewissen haben mussten. Nie sagte sie uns direkt, was sie genau will, dafür redete sie ständig schlecht über jeden. Sie hat jetzt über mich erzählt, ich hätte sie geschlagen. Im ganzen Dorf hat sie es erzählt, ihrem Arzt, dem Pfarrer, den Nachbarn. Ich kann mich dort nicht mehr blicken lassen. Sie darauf ansprechen bringt auch nichts. Da hat sie mir doch glatt ins Gesicht gesagt: ›Ich sage nie Schlechtes über meine Kinder‹. Kannst Du dir vorstellen, dass ich ausgerastet bin?« – Sprachlos macht mich Ankes offene Schilderung der Beziehung zu ihrer Mutter. Es ist meine! Auch Paula sagt nie offen, was sie will. Egal, wie man sich verhält, es gibt immer einen Kübel Abfall über den Kopf, weil man sich in ihren Augen ständig falsch benimmt. Genau wie Ankes Mutter hat auch sie dafür gesorgt, dass in der Kleinstadt über ihre unmögliche Tochter getratscht wird. Anke tut es sichtlich gut, ehrlich über das Verhältnis mit ihrer Mutter zu sprechen. »Weißt Du, ich habe immer Schuldgefühle, weil ich genau weiß, dass ich meiner Mutter nie die Bestätigung geben kann, die sie von uns Kindern so dringend

bräuchte. Sie durfte keine Ausbildung machen, musste immer hinter ihrem Bruder zurückstehen und hat sich nie dagegen gewehrt. Ihre Kinder sind alles, was sie hat. Obwohl ich genau weiß, dass es nicht unsere Aufgabe sein darf, sie ständig zu bestätigen, werde ich meine Schuldgefühle nicht los, vielleicht auch weil ich mich nach einem guten Verhältnis mit meiner Mutter so gesehnt habe. Meine Sehnsucht war so stark, dass sie mich abhängig gemacht hat. Ich war bereit, alles zu tolerieren. Mir war wichtig, dass wir in Beziehung blieben, weil ich immer hoffte, ja, verzweifelt herbeisehnte, dass sich alles zum Guten wenden würde, und ich ihr die Tochter sein könnte, die sie sich wünschte. Mittlerweile ist mir alles egal, sie kann jetzt machen, was sie will. Ich werde mich nicht mehr anstrengen. Vielleicht kann ich so besser mit ihr leben.« – Anke kommt mir plötzlich als mein alter ego vor, das mir gegenübersteht und genau die Worte spricht, die aus mir herauswollen. Ja, auch ich wollte stets mit Paula in Kontakt bleiben, ihr die Möglichkeit geben, Großmutter zu sein, zu erleben und Anteil daran zu nehmen, wie ihre Familie sich erweitert und in die Welt hinauszieht, um dort neue Erfahrungen zu machen. Wahrscheinlich war es aber genau das, was meine Mutter gar nicht wollte: dass Beziehungen sich ändern und sie dadurch nicht mehr die Macht und den Einfluss innerhalb der Familie hat, die sie sich immer wünschte.

Mittwoch, 4. April – Wieder eine Erkältung, ich fühle mich schlapp, kraftlos, bin nachdenklich. Trotzdem schleppe ich mich in die Bibliothek, weil ich ohnehin für einen Artikel recherchieren sollte. Ich bleibe bei den Psychologiezeitschriften hängen, lese über Kinder von Borderline-Müttern. Borderliner sind Menschen, die sich psychisch immer in Grenzbereichen befinden, entweder sind sie schlecht-gelaunt, fast depressiv, oder sie befinden sich in einem Aktivitätsrausch. In einem Moment können sie deshalb äußerst freundlich sein, im nächsten hat man es mit Furien zu tun. Was lese ich? »Ganz typisch für Kinder von Borderline-Müttern ist Somatisierung, weil sie mit der Heftigkeit der Gefühlsschwankungen überfordert sind. Sind sie mit der Mutter zusammen, klagen sie über Kopf- oder Bauchschmerzen. Es kann auch zu spontanem Erbrechen kommen.« Uff! Das sitzt! Diese Symptome zeigte ich stark in der frühen Kindheit. »Sie vermisst ihren Vater so«, meinte Paula, wenn ich über Bauchschmerzen klagend, apathisch herumlag, dabei handelte es sich um die Reaktion des Sich-ausgeliefert-fühlens mit der Mutter und ihren stets vorhandenen heftigen Gefühlen. Mit 15 Jahren bekam ich Migräneattacken mit heftigstem abendlichen Erbrechen, die bis zu meinem Auszug aus dem Elternhaus anhielten. Das war die Zeit der schlimmsten Auseinandersetzungen mit Paula. Somatisiert, also mit körperlichen Symptomen auf ein Ereignis reagiert, habe ich bei jedem Besuch, den ich bei den Eltern machte. Einmal blieb ich ohne körperliche Beschwerden – am 1. Mai 2006, als ich sehen konnte, dass Michael todkrank ist.

*6. Mai 2003 (Tagebuch): Mein Immunsystem ist seit über einer Woche angegriffen, seit wir von den Eltern zurück sind. Meine Tage wollen nicht kommen, ich habe furchtbare Bauchkrämpfe. Philipp wollte ich nach vier Jahren Zusammensein den Eltern vorstellen. Kurz vor dem Ziel setzten heftigste Kopfschmerzen ein. In der anschließenden Nacht war plötzlich meine Nase zu, schlafen konnte ich überhaupt nicht – die Spannungen, denen wir tagsüber ausgesetzt waren, machten sich bemerkbar. Obwohl ich mir einen entspannten Besuch vorgenommen hatte, ging wieder einmal – eigentlich wie immer – alles schief! Unser Zug schaffte in Stuttgart den Anschluss nicht und hatte deshalb erhebliche Verspätung. Deshalb rief ich Rut, meine Tante an und bat sie, uns an der nächsten Station abzuholen; so wären wir eher bei den Eltern, die uns zum Essen erwarteten. Als wir nur leicht verspätet mit Rut bei ihnen eintrafen, nahmen sie an, Philipp und ich hätten in der Nacht zuvor bei Rut geschlafen. Deshalb waren sie den ganzen Besuch über eingeschnappt und eifersüchtig und ließen uns das kräftig spüren. Es war mir so peinlich, weil Philipp dabei war, und Paula uns mit ihren ›Verdächtigungen‹ gleich beim Betreten des Hauses konfrontierte. Selbst wenn wir bei Rut übernachtet hätten, wäre es nicht Sache der Eltern gewesen, uns deswegen Vorwürfe zu machen. Alles war wieder einmal so lächerlich und gleichzeitig so traurig. Es sollte ein entspanntes Zusammensein werden und jetzt kam uns eine vorwurfsvoll blickende, wütende Paula entgegen, deren Eifersucht gegen die Schwester loderte. Nachdem sie sich beruhigt hatte, wollte sie ›nett‹ sein, aber ich konnte nicht neben ihr sitzen, ich hatte bereits ein Tosen in den Ohren. Heute, zwei Tage später, ist alles noch viel schlimmer: mein Gesicht ist angeschwollen, ich war bei zwei Hautärzten und einem Allergologen, die alle nicht genau wissen, um was es sich handelt. Jetzt schlucke ich Antihistamine, die nimmt man bei schweren allergischen Reaktionen. Vielleicht helfen sie auch, wenn der Körper Abwehrreaktionen auf die heftigen Emotionen der Mutter entwickelt. Mir reich es mal wieder. Ich bin entsetzlich müde und will nur noch schlafen.*

Donnerstag, 5. April – Ich habe die Zeitschrift mit dem Artikel über ›Borderliner‹ gekauft. Zu stark war das Gefühl »Das hat mit mir zu tun.« Über die Kinder von Borderlinern lese ich: »Sie fühlen sich nicht beschützt, sind schon in der Kindheit kleine Erwachsene und entziffern hervorragend emotionale Botschafte, damit sie sich schützen können, wenn wieder einmal der plötzliche Stimmungsumschwung des Borderline-Elternteils droht. Sie machen sich angenehm, sind pflegeleicht, um nur ja keinen Anlass für einen Zornesausbruch zu geben.« – »Du warst so ein liebes Kind«, erzählte Paula mir immer, »den ganzen Tag hast du als Baby geschlafen. Später hast du stundenlang gespielt, hast stundenlang auf der Schaukel gesessen, du warst immer mit dir beschäftigt.« Zu Philipp habe ich schon oft gesagt: »Ich wünsche mir, dass ich es in diesem Leben noch schaffe, mir innere Sicherheit, Geborgenheit, zu geben. Ständig bin ich auf der Hut, habe immer das Gefühl, es passiert etwas. Wenn ich bei mir zuhause bin, befürchte ich, dass jemand an der Tür ist und ›Aufmachen, sofort aufmachen!‹ ruft.«

Die Beschreibung der Eigenschaften von Kinder von Borderlinern zählt meine Wesenszüge auf: »Im Erwachsenenalter sind sie beruflich erfolgreich, unterdrücken dabei ihr kreatives Selbst, weil sie zu früh die Elternrolle übernehmen (Parentifizierung). Ihre Ansprüche an sich selbst sind sehr hoch, da bereits im Kindesalter Erwachsenenverhalten von ihnen verlangt wurde. Später müssen sie lernen, sich von ihren eigenen hohen Erwartungen zu schützen, die sie aufgrund der Unerfüllbarkeit leicht in eine Depression treiben können. Bereits früh wirken sie äußerst selbständig. Diese Autarkie haben sie sich aus Angst vor Nähe aufgebaut. Als Teenager wurden sie sich oft früh selbst überlassen, konnten machen was sie wollten, was sie aber meist nicht ausnutzen. Ausgelaugt durch die hohen Ansprüche des Borderline-Elternteils an sie, sehen sie sich außerstande, zu einem weiteren Menschen enge Beziehungen aufzubauen. Gefühle sind bei ihnen mit den parasitären Ansprüchen des Borderline-Elternteils assoziiert. Sie haben genug davon, oft ziehen sie sich deshalb zunächst oder auch für immer auf eine rationale Ebene zurück. Sie geben sich unangreifbar. Hinter ihrer Fassade fühlen sie sich allerdings sehr einsam und unverstanden. Ihre außergewöhnlichen sensitiven Fähigkeiten, die sie zu ihrem Schutz entwickelt haben, ermöglichen ihnen, Menschen in Sekundenbruchteilen zu scannen. Schwächen erkennen sie sofort, was den Kontakt mit anderen erschwert.«

Ich muss den Artikel in Abständen lesen, zu wahr ist das Geschriebene. Als Teenager habe ich mich oft gewundert, warum Paula mich nicht fragt, wie ich nach Hause gekommen bin, wenn ich sagte, dass ich in die 15 Kilometer entfernte Kreisstadt fahre und erst in der Nacht zurückkam. Eine Freundin von mir sagte einmal: »Bei dir hat man das Gefühl, du hast keine Mutter; du redest nie von ihr, sie scheint für dich gar nicht zu existieren.« Weder Michael noch Paula bemerkten, dass ich, gerade fünfzehn geworden, fast zwei Jahre lang eine Affäre mit einem 36-jährigen Mann hatte, mit dem ich mich ein-bis zweimal in der Woche abends traf, manchmal bis 22 Uhr. Zuhause sagte ich, dass ich mit der Flötengruppe meiner damaligen Lehrerin in Altenheimen und Krankenhäusern auftreten würden. Nachfragen gab es nie.

»Du bist so stark«, war Paulas Standardbehauptung, wenn Schwierigkeiten in meinem Leben auftraten. Ich hatte gelernt, alles ohne seelischen Beistand anderer Menschen zu managen, wandte mich deshalb erst gar nicht an sie sondern kämpfte mich alleine durch. »Du bist so stark«, hieß auch »Du kommst alleine zurecht. Ich mag es nicht, wenn Du mich brauchst. Sei aber an meiner Seite, wenn ich dich brauche.«

Plötzlich wird mir klar, dass mein bisheriges Leben von einer Therapeutentätigkeit den Eltern gegenüber und damit der Umkehrung der Eltern-Kind-Rolle geprägt war: ich war schnell erwachsen, habe nie Schwierigkeiten gemacht, und nie das Kind »gespielt«, oder Ansprüche gestellt; die Erwartungen der Eltern waren dafür umso massiver. Die ›Belohnung‹ für mein stets liebedienerisches Verhalten erhielt ich dann bei der Trauerfeier des Vaters: über mich wurde schlecht geredet, ich wurde verachtet und von der Gemeinschaft ausgeschlossen. In den Worten des Artikels liest sich das so: »Die Borderline-Persönlichkeit unternimmt alles, um ihr Ziel zu erreichen, bewundert und geliebt zu werden. Es wird gelogen, gestohlen, verleumdet, um totale Loyalität von anderen Menschen zu erreichen. Sie ist beherrscht davon, sich in den Augen anderer zu spiegeln und verlagert ihre Zuneigung von einem Moment auf den anderen, je nachdem, wie viel Willfährigkeit und Bewunderung ihr entgegengebracht wird. Stets wird sie der Ansicht sein, es ist zu wenig.« Nicht mehr zur Verfügung stehen und die Rolle der starken Tochter einzunehmen, bedeutet, nicht mehr existieren zu dürfen, nicht mehr wahrgenommen zu werden. Genau so verhielten sich die Trauergäste bei Michaels Beerdigung, die alle durch mich hindurchsahen. Philipp drückte es anders aus, als auch mein Bruder ohne Begrüßung an uns vorbeiging: »Was für eine Vorstellung läuft denn hier ab?«

# Befreiung

Donnerstag, 11. April – Eine Freundin schreibt mir, dass seit ungefähr einem Jahr bei ihr sehr viele Veränderungen eingetreten sind, nicht so sehr tatsächliche Veränderungen sondern seelische Prozesse, die sie oft als traurig, schmerzhaft, alles in Frage stellend, empfindet, die sie jedoch nicht unberührt lassen, und die sie als wichtig und lehrreich empfindet. Ich habe ein großes Bedürfnis, ihr zu schreiben:

»Liebe Doris, ich kann genau nachvollziehen, was Du mit diesen Veränderungen meinst. Bei mir ist es ebenso; ganz stark habe ich das Gefühl, alte, überholte Verhaltensweisen hinter mir zu lassen. Ich habe meine Parentifizierung aufgegeben: Wie Du weißt, gab es mit Kristina im letzten Jahr einen Bruch in unserer Beziehung. Mittlerweile sehe ich die Aktion ihres Freundes, der mich damals heftig am Telefon beschimpfte, als das von ihr bewusst oder unbewusst gewählte Mittel zur Abnabelung von mir. Auf die Mama-Rolle hatte ich ohnehin keine Lust mehr. In den letzten Monaten hat sich jedoch herausgestellt, dass es noch jemanden gibt, bei dem ich diese Rolle nicht mehr spielen will: meine Mutter. Sie wollte von mir, dass ich sie beim Sterben des Vaters begleite. Ich konnte dieses Mal aber nicht mehr die starke Daniela geben wie stets als Kind; ich bekam furchtbare Bauchkrämpfe, die sich hinterher als Parasiten herausstellten – frag' mich nicht, wo ich die her habe, ich weiß es nicht! Aber das war ihr egal. Ich sollte kommen. Wie stets war nicht mein Zustand maßgeblich sondern der ihre. Und sie wollte neben ihrem Sohn, der Schwiegertochter, der Schwägerin und deren Mann auch mich an ihrer Seite wissen. Es ging nicht, ich konnte nicht mehr funktionieren wie früher: Das Sterben und der Tod meines Vaters haben die gesamten Emotionen der Kindheit noch einmal aufgerührt:

die Verlassenheit, die Lethargie, die mich umfingen, wenn er zu den wochenlangen Geschäftsreisen aufbrach, das schwarze Loch, in das ich mit der Mutter zusammen fiel, die Hilflosigkeit, das Ausgeliefertsein den heftigen Emotionen der Mutter gegenüber, die bei jeder langen Reise ihres Mannes unter der Verlassenheit und Einsamkeit litt, die sie als Kind beim frühen Tod der Mutter erlebte und nie verarbeiten konnte. Erst langsam beginne ich wieder nach dieser emotionalen Reise bei mir selbst anzukommen. Ich stelle fest, dass plötzlich das Gefühl: »Es kann jederzeit etwas ganz Schreckliches passieren«, weg ist. Mit diesem Gefühl bin ich aufgewachsen, dass stets etwas Furchtbares passieren und alles verändern kann. Kürzlich habe ich in einem Buch über Traumata gelesen, dass dies ein ganz normaler Gedanke bei Traumatisierten ist; sie denken, das Schreckliche, das ihr Leben verändert hat, kann immer wieder eintreten. Ich bin wohl co-traumatisiert, denn mit dieser Angst bin ich groß geworden. Erst jetzt, so stelle ich fest, mit dem Abbruch der Verbindung zu meiner Mutter, ist auch die Angst verschwunden. Ich habe wohl die Nabelschnur jetzt endgültig durchgeschnitten. Ich konnte unsere Beziehung nicht mehr aufrechterhalten, denn mein Körper hat immer extremer in all den Jahren auf ihre heftigen Gefühle reagiert: zuerst gab es »nur« Migräne und Übelkeit nach den Besuchen, zuletzt schwoll mein Gesicht an, und der Allergologe hatte keine Erklärung dafür. Ich habe keinerlei Wut auf meine Mutter, ich muss mich nur schützen. Vielleicht klingt es hart, aber sie muss endlich erwachsen werden. Mein Körper und meine Seele zeigen, dass sie sie nicht mehr bemuttern können. Derzeit habe ich keinen Kontakt mehr zu ihr. Das tut mir gut. Warum ich dir das schreibe? Nun, ich hatte das starke Bedürfnis, das zu tun, und Du hast mir ja erzählt, dass Du die Problematik der Mutter, die nicht erwachsen werden will, auch kennst.« – Als ich den Brief abschicke, überfällt mich ein schlechtes Gewissen. Ist meine Offenheit vielleicht zu erschreckend für Doris? Ist es ihr zu viel? Ich bin erstaunt über mein Verhalten. Noch vor ein paar Monaten hätte ich nur meiner Therapeutin private Dinge anvertraut – und Philipp natürlich, aber sicher niemandem sonst. Dennoch. Das Schreiben des Briefes hat mir gut getan. Mir ist auch klar geworden, was ich noch zu erledigen habe.

Freitag, 13. April 2007 – Kristofer lebt für vier Wochen bei mir. Er will an der Universitätsbibliothek Material sammeln für seine Examensarbeit. Auf knapp 20 qm zu zweit zu leben ist wie Campingurlaub. Seine Anwesenheit tut mir gut und gibt mir gleichzeitig die Stärke, klare Worte gegenüber meiner Mutter zu finden. Einmal im Leben muss ich ihr sagen, welche Auswirkungen ihr Verhalten auf mich hat.

»Ach, Paula, die Situation, die ich bei der Trauerfeier vorfand, hat ganz deutlich gemacht, dass auch ich die Familie verlassen will. Nachdem hier ganz bewusst Tatsachen falsch dargestellt und Dritten gegenüber Dinge erzählt wurden, die mich herabwürdigen, sehe ich gar keine andere Möglichkeit. Wieso nimmt sich mein Bruder heraus, meinem Freund und mir nicht einmal die Hand zu geben bei einer öffentlichen Trauerfeier für seinen Vater? Wieso wird mir von Verwandten und Bekannten nicht kondoliert, obwohl ich direkt neben Dir stehe? Wieso gibt mir die Familie Deiner Schwägerin nur widerstrebend die Hand, vermeidet Kontakt, Dein Sohn setzt sich sogar an einen anderen Tisch? Was habt Ihr Euch da gedacht? Ich habe meinen Vater noch kurz vor seinem Tod besucht. In den Monaten zuvor habe ich ihn öfter besucht als in den vergangenen fünf Jahren. Zwischen uns war alles geklärt. Was soll dieses Verhalten von Euch also bedeuten? Sollte es mal wieder dazu dienen, mir ein schlechtes Gewissen zu machen, dann war dies jetzt das letzte Mal, dass ich es zulasse, so behandelt zu werden. Ich brauche nicht das Gefühl, von Dir einen Kübel Fäkalien über den Kopf geschüttet zu bekommen, wenn ich mich so verhalte, wie ich es für richtig ansehe. Ihr habt uns behandelt wie Aussätzige, vor allem auch Philipp, der ja nun mit allem überhaupt nichts zu tun hat. Du wirst sicher verstehen, dass ich deshalb mit der Familie vorerst nichts mehr zu tun haben möchte. Ich ertrage es körperlich nicht mehr. Lass uns deshalb unser Verhältnis auch rechtlich beenden und endlich so klare Verhältnisse schaffen. Vielleicht hilft uns Klarheit bei einer erneuten Annäherung. Deshalb hätte ich gerne meinen Pflichtteil. Besprich die Angelegenheit mit meinem Bruder und Deinem Rechtsanwalt und mach' mir einen Vorschlag. Sicher werden wir uns schnell einigen können, denn ich bin nicht daran interessiert, schmutzige Wäsche vor Gericht zu waschen. Trotz aller Vorkommnisse wünsche ich Dir alles Gute, Daniela. – Ich habe stets versucht, in all den Jahren, ausgleichend zu wirken bezüglich der ständigen emotionalen Ausbrüche, die unsere Beziehung begleiten seit ich denken kann. Da ich die Beziehung zu Deinen Enkeln aufrechterhalten wollte, habe ich vieles geschluckt. Ich kann nicht mehr.« – Den Brief an Paula werfe ich gleich ein.

Samstag, 14. April – Schuldgefühle, Schuldgefühle, Schuldgefühle, mir ist ganz schlecht davon. Bisher habe ich bei Paulas Ausrastern immer beide Augen zugemacht, war immer großzügig. Ihre ganze Familie ging stets mit ihr um wie mit einer Kranken: ruhig sein, freundlich, damit ja keine impulsive Wutreaktion erfolgt. Für mich gilt es Abschied zu nehmen von der Co-Abhängigkeit, dem immer verständnisvollen Verhalten gegenüber den starken Stimmungswechseln meiner Mutter. Der offene Brief an sie ist ein Anfang. Die auftretenden Schuldgefühle sind völlig normal, denn bisher habe ich ihr immer beigestanden, jetzt stehe ich nicht mehr zur Verfügung. Nach außen hat sie mein Verhalten erfolgreich so dargestellt, als lasse ich sie im Stich. Dabei war sie nie allein; ihren Bruder kann sie zu Fuß erreichen, ihre Schwester wohnt eine halbe Autostunde entfernt. Sohn, Schwiegertochter und andere Verwandtschaft hat sie ja bereits um sich geschart. Vernunft hilft dennoch nicht gegen die Schuldgefühle. Da muss ich jetzt aber durch, das weiß ich genau. Aus einer jahrzehntelangen Abhängigkeit herauskommen, verursacht körperliche Schmerzen.

Donnerstag, 10. Mai – Kristofer ist wieder gefahren! Unglaublich, wie schnell die vier Wochen vorbei gegangen sind; ich hätte nie gedacht, dass wir es so lange auf engstem Raum miteinander aushalten. Jetzt freut sich jeder wieder auf den Raum für sich alleine. Es hat mir gut getan, mit ihm zusammen zu sein; die langen Gespräche über seine Pläne nach dem Examen, das Erörtern über die Geschehnisse in der Familie, haben mich beruhigt. Ich hoffe sehr, den richtigen Weg eingeschlagen zu haben.

15. Juli 2007 – Paula hat auf meinen Brief nicht geantwortet, obwohl ich sie in der Zwischenzeit noch einmal gebeten hatte, mir doch einen Vorschlag zu machen. Mit dieser Reaktion hatte ich gerechnet. Schnelles, unbürokratisches Vorgehen in Angelegenheiten, die zu regeln sind, gibt es in dieser Familie nicht, dafür ist alles zäh und stark emotional besetzt: nichts geht voran. So begann schon meine Geburt: hätte nicht ein beherzter Arzt einen schnellen Schnitt gemacht, wäre ich im Geburtskanal erstickt. Paula hat mir hunderte Male erzählt, dass alles so traumatisch war, dass sie hinterher nie wieder ein Kind wollte. Unbeschwertheit kannte ich nie, mein ganzes Leben lang sehne ich mich deshalb nach unkomplizierter Leichtigkeit des Seins. Auch dieses Mal muss ich meine Hoffnungen darauf begraben: mein Bruder hat eine Nachricht auf meinem Handy hinterlassen, spricht davon, dass ich verrückt geworden sein muss. Weitere Beleidigungen höre ich mir nicht an und drücke auf ›löschen‹. An Paula komme ich also nicht heran, Mischa steht dazwischen. Wahrscheinlich gibt ihm dies die Möglichkeit, seine immer noch vorhandenen Minderwertigkeitskomplexe gegenüber der großen Schwester abzuarbeiten.

Montag, 16. Juli – Ein stürmischer Regentag. Drei Stunden verbringe ich in einem Cafe. Durch ein riesiges Fenster kann ich draußen die Leute sehen, wie sie mühsam versuchen, ihre vom Wind umgestülpten Schirme wieder funktionsfähig zu machen. Missmutig trotzen sie dem Wetter. Im Warmen sitzen, meinen Becher Orangentee in der Hand. Ich kann es genießen. Das war nicht immer so. Untätigkeit verursachte mir große Probleme. Ich konnte nicht verstehen, wie Nichtstun Spaß machen sollte. Ständig war etwas zu tun: schreiben, mich um die Kinder kümmern, kochen, einkaufen, Haushalt, schulische Veranstaltungen, das alles hielt mich enorm auf Trab. Morgens mit den Kindern aufzustehen, zur Arbeit zu gehen, nach Hause zu kommen, mich um Kinder, Abendessen und unbezahlte Rechnungen zu kümmern, um irgendwann nach dem Abwasch gegen neun erschöpft aufs Sofa zu fallen – so sahen meine Tage aus. Eine Pause im Kaffeehaus hätte ich sicher nicht genießen können, weil mir ständig durch den Kopf gegangen wäre, was noch zu erledigen ist. Ich verändere mich. Noch vor kurzem erwartete ich von mir und damit von anderen Hochleistung. Die perfekte Mutter wollte ich sein, einen Ganztagsjob lässig bewältigen und natürlich sollte die Familie glücklich sein. Mir ist heute klar, dass meine Ansprüche viel zu hoch geschraubt waren: Es sind nicht die Anderen, vor denen man sich schützen muss, sondern die hohen Ansprüche an sich selbst. Der halbe Tag im Cafe brachte nicht nur Einsichten: ich habe Beate wiedergetroffen, eine Studienkollegin, jetzt Fachanwältin für Arbeitsrecht. Wie immer mit Frauen komme ich schnell zu dem Geschehen, das mich derzeit bewegt. Ich schildere ihr die verfahrene Situation mit meiner Mutter. »Da wird dir nichts anderes übrig bleiben«, meint sie. »Du wirst deinen Pflichtteil gerichtlich geltend machen müssen. Ich habe nicht den Eindruck, dass dein Bruder einen vernünftigen schnellen Abschluss anstrebt sondern ein langwieriges Verfahren, weil er dich ärgern will.« Davon bin auch ich überzeugt; dieses Vorgehen passt zu meiner Herkunftsfamilie. Beate gibt mir die Telefonnummer eines Kollegen, der auf Erbrecht spezialisiert ist. »Da mach dich mal auf einiges gefasst, solche Fälle können jahrelang dauern«, lautet ihr Rat, als sie aufbricht. »Dir wird aber nichts anderes übrig bleiben als zu klagen. Deine Eltern haben euch Kinder mit ihrem Berliner Testament erst mal enterbt. Der endgültige Erbfall, also das Ableben Deiner Mutter, kann noch zwanzig Jahre dauern. Bis dahin kannst du sicher sein, keinen Pfennig mehr zu sehen, da wird alles verkauft, verjuxt oder versteckt sein. Du musst jetzt was tun, das bist du deinen Kindern auch schuldig. Ihr habt doch nie größere Summen bisher bekommen, also schwing dich auf. Sonst ist alles weg.« – Klare Worte einer Fachfrau. Mist. Mir reicht die psychische Abnabelung von Paula. Ich habe gar keine Lust, gerichtlich gegen sie vorgehen zu müssen. Eigentlich habe ich immer noch mit ihrer Vernunft und einer schnellen, außergerichtlichen Einigung gerechnet. Die Hoffnung stirbt zuletzt, aber sie ist wohl in meiner Situation vergebens. Mir wird nichts anderes übrig bleiben als vor Gericht zu gehen. Beate hat recht, ich bin das auch meinen Kindern schuldig. – Seit Wochen träume ich fast jede Nacht, dass ich Wohnräume betrete, die als Toilette benutzt werden. Auch die Träume scheinen darauf hinzudeuten, dass Saubermachen, die endgültige Reinigung und Klärung, anstehen.

24. August 2007 – Yoga-Ashram, Orleans/ Frankreich – Meditation, sechs Uhr morgens. Mit dreißig anderen Yogis sitze ich in einem großen, hellen Raum. Stille, die nur vom Vogelgezwitscher aus dem Garten unterbrochen wird. Ruhe. Frieden. Ich kann gut in mich hineinhören. Den ganzen August bin ich schon hier; ich mache eine Ausbildung als Yogalehrer. Der regelmäßige Tagesablauf tut mir gut, beruhigt mein in den letzten Monaten stark strapaziertes Nervensystem. Jeden Tag

geht es früh los: sechs Uhr morgens Meditation, um acht Uhr Asanas, das sind die Körperübungen, Brunch gibt es um zehn, am Nachmittag geht es ähnlich weiter, um 22 Uhr ist das Licht aus. Zuhause habe ich die Körperübungen auch immer praktiziert, aber jetzt entdecke ich die Meditation immer mehr für mich. Es tut mir gut, stillzusitzen und ›nichts‹ zu tun – wobei es ein Nichttun im Yoga nicht gibt. Alles, was man macht, ist Handeln, auch ›Nichtstun‹.

Gestern abend hatte ich eine verrückte Begegnung: die Yogastunde war einige Minuten eher zu Ende und so ging ich kurz auf die Terrasse, um vor dem Essen ein wenig an die frische Luft zu kommen. Plötzlich höre ich ein überraschtes deutsches »Hallo!« Ich schaue mir die Frau näher an, die mich so begrüßt, und kann nicht glauben, was ich sehe: Es ist ›Fräulein Sylvie‹, die stets freundliche Assistentin der Kinderärztin, die ich vor fast dreißig Jahren immer mit den Kindern aufsuchte. In der Zwischenzeit haben wir uns nur einmal im Schwimmbad wiedergesehen. Zufälle gibt es nicht; ich bin total neugierig, welche Botschaft sich hinter unserem verblüffenden Wiedersehen versteckt.

»Wir müssen uns duzen«, sage ich, »und dann gleich herausfinden, was uns zusammenführt. Es muss etwas sein, was vor fast dreißig Jahren eine Rolle spielte und jetzt wieder. Bei mir war es wohl die frühe Mutterschaft, da bin ich mir sicher. Also, was war dein erster intuitiver Eindruck von mir, als du mich vor 28 Jahren das erste Mal gesehen hast? Sag es mir, dann sag' ich Dir meinen.« Sie ist überrascht ob meiner Schnelligkeit, antwortet aber bereitwillig: »Du warst so erwachsen als junge Mutter mit Deinen Kindern. Ich kam mir dagegen wie ein junges, dummes Ding vor.«

»Für mich warst du das niedliche Fräulein Sylvie, wie die Frau Doktor dich immer genannt hat, brav und folgsam.«

»Siehst du«, schnell kommt ihre Replik, »und genau das ist

der Grund, warum ich Anstellung in der Praxis fand. Die Frau hat mich ständig herumkommandiert, mit ihr hat es niemand sonst lange ausgehalten. Nur ich war dieses Verhalten gewohnt, weil meine Mutter genauso war und ständig Anweisungen erteilte, die ich zu befolgen hatte. Dein Eindruck vom ›braven Fräulein Sylvie‹ war genau richtig.«

»Na, also! Da haben wir ja schon den Berührungspunkt. Wie ist dein Verhältnis zu deiner Mutter jetzt?«, frage ich.

»Ich habe keinen Kontakt mehr mit ihr. Sie hat mich ständig bevormundet und mir gesagt, wie ich zu leben habe. Die Beziehung zu meinem Mann hat darunter gelitten. Zuletzt war mir nach jedem Besuch bei ihr übel.«

»Siehst Du, ich habe zu meiner Mutter ebenfalls keine Verbindung mehr, da ich ständig das Gefühl hatte, der Mülleimer für ihre heftigen Emotionen zu sein; alles, was ich machte, war Grund für Vorwürfe ihrerseits. Jahrelang habe ich das ausgehalten, jetzt geht es nicht mehr. Mein Körper rebelliert. Ich kann sie nicht mehr treffen; ich muss mich schützen.«

Wir freuen uns riesig über unsere Begegnung und die schnelle Sektion unserer gemeinsamen Mutterproblematik und verabreden uns für einen abendlichen Spaziergang nach dem Essen. Es tut gut, nicht die Einzige zu sein, die ›böse‹ ist und keinen Kontakt mehr zur Mutter unterhält. Was es mir erleichtert: die kleinstädtische Gesellschaft hat mich ja schon vor meinem Entschluss verachtet; letztlich hatte Paula also selbst dafür gesorgt, dass ich mich ganz abwenden konnte.

Vor dem Schlafengehen muss ich an Kristina denken. Ohne sie hätte ich es sicherlich nicht geschafft, auf Distanz zu Paula zu gehen. Zu groß wären meine Schuldgefühle gewesen, als Tochter nicht so funktioniert zu haben, wie die Mutter sich das vorstellt. Zu sehr war mir das ›Zur-Verfügung-stehen‹ noch aus der Kindheit vertraut, das Bemuttern einer Person, die längst erwachsen ist, aber noch kindliche Verhaltensweisen an den Tag legt. Genau das hatte dazu geführt, dass ich so früh vernünftig und erwachsen auf andere Menschen wirkte. Mit zwanzig Jahren machte es mir keine Schwierigkeiten, biologisch Mutter zu werden. Faktisch war ich es die ganze Zeit zuvor ohnehin: bei Paula.

Erst Kristina, hat mir durch ihr Verhalten gezeigt, dass man als Tochter nicht immer perfekt funktionieren kann und muss. Wäre ich nicht so schockiert gewesen über die Beleidigungen ihres Freundes und darüber, dass von ihr anschließend keinerlei Reaktion erfolgte, hätte ich nie erkannt, dass auch ich mal an mich denken darf. Danke, Tochter! Auch unser Band hat sich gelöst. Endlich habe ich gelernt, was die beste Reaktion auf Abwertungen, Beschimpfungen und Vorwürfe ist: Abstand!

Samstag, 11. September 2007 – Zurück aus Frankreich. Keine Nachricht meiner Mutter. Eine Mail von Kristina: »Hallo, Mama, ich bin weg von Steve. Mir geht es gut. Irgendwann schreibe ich Dir einen langen Brief. Liebe Grüße, Kristina«

Ich bin überrascht, denn ich hatte zwar angenommen, dass sie wieder Kontakt mit mir aufnimmt, nicht aber, dass sie sich so schnell von dem aggressiven Typen löst.

Froh und erleichtert bin ich darüber, dass meine Tochter wieder zu ihrer Kraft gefunden hat.

# EIN NACHWORT

Das Sterbenmüssen eines Elternteils bedeutet Auseinandersetzung mit der eigenen Kindheit, eigentlich aber mit dem gesamten Leben, das man bis dahin geführt hat. Vergessene Emotionen treten auf, neue Einsichten: Es war hart zu erkennen, dass mein bisheriges Leben nicht, wie ich stets geglaubt hatte, aktiv durch mich entschieden wurde, sondern dass es in einigen Bereichen nur eine Reaktion auf die fehlende Wertschätzung und die Eindrücke der frühen Kindheit war. Jetzt, mit achtundvierzig Jahren erst, habe ich ein Gefühl von Identität. Das Leben vorher war eine Gegenreaktion auf das Konzept der Vorfahren. Nicht frustriert wollte ich sein, wie die Hausfrauen, in deren Umfeld ich aufwuchs, kein typisches Frauenleben wollte ich führen und mit diesem Antrieb schaffte ich wohl die Kombination von Studium und Kindererziehung in den Zwanzigern. Ich war fest davon überzeugt, dass auch die Berufstätigkeit mit Kindern vereinbar sein muss, denn zur seelenlosen Karrierezicke wollte ich wiederum auch nicht mutieren. Meine Kinder waren meine Freude, meine Freunde und mein Halt. Ihr Aufwachsen zu erleben, verhalf auch mir zu einer entspannten Kindheit, denn durch das Bemuttern in so jungen Jahren habe ich versucht, mir selbst auch wieder ein Zuhause zu geben. War ich mit den Kindern zusammen, fühlte ich mich sicher, ich war mit Herz und Seele Mutter und hoffe, dass sie das spüren konnten. Mit dem kleinen Appartment in der Altstadt habe ich jetzt das gemütliche Kinderzimmer wieder, wo ich mich geborgen fühlte, und das ich bei dem Umzug in ein tristes Neubaugebiet aufgeben musste. Ich habe wieder eine enge emotionale Bindung zu einem Menschen, bei dem ich mich geborgen fühle und wo ich keinen Ansprüchen genügen muss – wie bei meiner Kinderfrau der ersten Lebensjahre. Es ist nie zu spät, die eigene Kindheit zu erleben.

Den ererbten Größenwahn, ›besser‹ als andere zu sein, habe ich aufgegeben. Ich bin auch daran gescheitert, ›Super-Mama‹ sein zu wollen und den Vater ersetzen zu können. Meine Kinder haben ihren Vater ebenso als Kind vermisst wie ich – und ganz sicher habe ich meine Kinder in manchen Dingen auch sehr überfordert. Auf dem Weg, mein wahres Ich zu finden, mit mir selbst freundlicher und nicht mehr so leistungsorientiert umzugehen, waren weniger Stress in meinem Alltagsleben, der Partner, der mich als Mensch schätzt und die Beschäftigung mit Yoga und Meditation ausschlaggebend. Derart gestärkt war es möglich, meinen tiefsten Ängsten zu begegnen: In meinen Träumen wurde ich auf's offene Meer hinausgeschleudert, ich stürzte mit Bussen in tiefe Schluchten, Erdspalten öffneten sich, in denen riesige Schlangen lagen, Militär und Polizei tauchte auf, Gletscher stürzten zusammen, Atomkraftwerke brachen aus, ich flog über die Erde ins All und ich schwamm in Scheiße. Chaos, Abgründe, Schrecken – überall. Mein gesamtes Leben geriet aus den Fugen. Das Sterben des Vaters, sein Loslassen, erinnerte an alles Loslassen in meinem Leben: die eigenen Geburtserlebnisse tauchten im Traum auf, Erinnerungen an das Scheitern der Ehe, im Beruf, das Loslassen der Kinder, alles geschah irgendwie gleichzeitig und konfrontierte mich mit den Ängsten, die zum Loslassen, zum Sterben des bisherigen Lebens dazu gehören. Ich habe überlebt. Wie jeder Mensch habe ich die Kindheit überlebt, habe zunächst gehadert mit dem immerwährenden Scheitern von Eltern, lernte zu akzeptieren, dass auch sie mit dem Schweigen und Verdrängen einer Generation zuvor aufgewachsen sind, die Schmerz, Trauer, Tränen nicht nach außen gezeigt hat und der das Sprechen über Gefühle unbekannt war. Diese Mechanismen hatte ich zunächst übernommen, bis mein Körper begann, sich dagegen zu wehren. Erst durch mehrere Gesprächstherapien habe ich andere Lebensmodelle kennengelernt. Vor allem habe ich gelernt, mich wertzuschätzen ohne daran zu denken, ob ich dafür etwas ›geleistet‹ habe.

Paulas Einsamkeit, ihre Verlorenheit, die abgrundtiefe Verzweiflung nach dem Tod ihrer Mutter konnte ich erahnen. Als Kind habe ich mitgetrauert, bin mit ihr durch die wieder aufsteigenden Emotionen an das Verdrängte hindurch, wenn der Vater zu seinen Reisen aufbrach. Ich habe versucht, ihr beizustehen, stark zu sein. Das hat ein Wesen in mir gefordert, das ich heute nicht mehr sein will: Der Krieger. Es war mühsam, diesen in der Kindheit antrainierten Überlebensmechanismus wieder aufzulösen. Paula wollte die Möglichkeit der Therapie nicht nutzen. Das ist zu akzeptieren. Als Erwachsener macht man keine Schuldvorwürfe mehr.

Michael ist nicht tot. Vor allem, wenn ich schreibe, singe oder tanze, spüre ich seine Anwesenheit: pure Freude, Vitalität, vibrierende Energie. Das ist der Michael, wenn er auf Reisen ging, so wie drei Tage nach seinem Tod, als ich ihn zu seiner Mutter gefahren habe. Im Traum zeigt er sich mir oft glücklich, voll strahlender Kraft, mit jungen, hübschen Frauen. Für mich ein Hinweis, dass er viel Energie aus einem Leben neben der Familie bezogen hat. Es sei dahingestellt, ob es in seiner Fantasie oder in der Realität bestand. Im Kosmos ist es dasselbe. Das Bild des energetisch vibrierenden Michael begleitet mich. Der Vater, der in der Realität für mich oft völlig unverständlich reagiert hat, von dem ich mich verletzt fühlte, tritt dahinter zurück. Idealisiere ich ihn in seinem Sterben wieder so wie in den Kindertagen? Auch das sei dahingestellt, denn diese Bilder helfen mir, mit der Realität zu leben. Nur darum geht es – zu überleben.